Zeca Sampaio

Tamoios

KOTTER
EDITORIAL

Diretor editorial: Sálvio Nienkötter
Coordenação editorial: Claudecir de Oliveira Rocha
Editor-executivo: Rafael Burgos
Editor-assistente: Luiz Felipe Cunha
Capa: Jussara Salazar sobre imagens de Zeca Sampaio e Isabel Lee Garcia
Design editorial: Carlos Garcia Fernandes
Produção: Joehverson Guslem Jacob
Preparação de originais e revisão: O Autor

Dados Internacionais de Catalogação na Publicação (CIP)
Angelica Ilacqua CRB-8/7057

S186t

Sampaio, Zeca
Tamoios / Zeca Sampaio. — Curitiba : Kotter editorial, 2025.
151 p.

ISBN 978-65-5361-495-6

1. Ficção brasileira I. Título

CDD B869.3

25-4596

KOTTER EDITORIAL

Kotter Editorial Ltda.
Rua das Cerejeiras, 194
CEP: 82700-510 - Curitiba - PR
Tel. + 55(41) 3585-5161
www.kotter.com.br | contato@kotter.com.br

Feito o depósito legal
1ª Edição
2025

Zeca Sampaio

Tamoios

“*Meninos, eu vi*”.
Gonçalves Dias

Ao meu querido irmão, Lou (in memoriam),
que sonhou junto comigo essa história, mas não
chegou a ver o romance escrito.

Prefácio

A Saga dos Tamoios

Palavras são flechas

Quem caminha pela orla de Ubatuba, Niterói, pelas pedras de Bertioga ou na Baia de Guanabara de hoje talvez não consiga imaginar o que era o lugar nos meados do Século XVI, quando ainda os europeus nessas terras eram uns poucos milhares. Em contraste, a população indígena estabelecida em todo litoral brasileiro chegava a 2 milhões e os Tamoio, na Baía de Guanabara, cerca de 70 mil. Ficou para poucos também a história da França Antártica, a breve tentativa francesa de estabelecer uma colônia no Brasil, na mesma Baía de Guanabara, entre 1.555 e 1.567, pouco tempo depois do fidalgo Tomé de Sousa instaurar, a pedido do Reino de Portugal, um governo geral sediado na Capitania da Baía de Todos os Santos. Era um novo esforço de colonização das novas terras de além-mar, frente ao fracasso da maioria das Capitanias Hereditárias.

Escritas na areia, nem se sabe por quem, os ecos da saga dos Tamoios, ditos em confederação por seus algozes e futuros historiadores, ainda ecoam. A chamada "Confederação dos Tamoios" foi uma coalizão formada por diferentes grupos tupi e de outras etnias que viviam na costa brasileira naquela época, e que ameaçou a colonização portuguesa ao se aliar aos franceses na disputa pela região. A história do Brasil tem na guerra dos Tamoios, ou na descrição dela, talvez o primeiro enfrentamento luso na nova colônia contra outrem, para os invasores um primitivo marco de nacionalismo, mesmo antes de sermos uma nação – não mais que uma colônia em processo inicial de povoamento.

Beatriz Perrone-Moisés e Renato Sztutman, em "Notícias de uma certa confederação Tamoio", assim descrevem os Tamoio:

"Tamoio ou Tamuja, como os chama Anchieta, é um cognato de *tamo* que, em muitas línguas tupi-guarani, significa "avô", "homem velho", e não raro também chefe, líder doméstico, espiritual e/ou político. Entre os Guarani atuais, *tamoi* significa, em princípio, "avô", mas costuma ser utilizado de modo mais amplo para se referir a homens mais velhos, em particular líderes de grupo de parentesco ou xamãs prestigiosos. De modo geral, denota respeito para com aquele que é referido... *Tamoi* é também aquele que possui capacidade de liderança, que pode ou não ser estendida para além de uma parentela... A palavra Tamoio designaria, assim, não um etnônimo constituído ou em constituição, mas um coletivo de líderes ou chefes provenientes de diferentes grupos locais que se aliaram entre si e com os franceses..."

Os mesmos Tamoios que queriam deglutir Hans Staden.

Ainda que os portugueses tivessem vantagens bélicas, com os hoje já ultrapassados arcabuzes e bestas, os indígenas contavam com duas grandes vantagens: eram muito mais numerosos que os invasores e conheciam profundamente a região, os rios, as veredas de pé posto, e sabiam tirar da floresta alimentação e armas. Iam atacando as diversas vilas e fortes dos invasores lusos, do litoral ao planalto. Pareceram poder vencer, mas não, a emboscada do contra-ataque foi implacável: "*ali morreram Aimberê, Parabuçu, Itagiba, Piatã, Andirá, Irapuã, Caui, Jurandir, Itagiba,*

Guarabira, Iberê, Ubiratã, Tabajara, Arabutã e muitos outros. Não mais se verá sobre a terra seus arcos, seus sorrisos, sua coragem."

A paz de Iperoig, o cavalo de Troia dos portugueses.

Assim como com os Tamoios, a sanha dos colonizadores e as doenças trazidas dizimou várias populações. Estima-se que 8 a 10 milhões de indígenas de mais de 1.500 povos viviam no Brasil quando da chegada das 13 caravelas de Pedro Alvares Cabral. Hoje existem 278 povos, com uma população estimada em pouco mais de 1,6 milhões, números que dão a dimensão do genocídio perpetrado ao longo dos séculos.

Se para o Brasil colônia a guerra dos Tamoios foi um marco, para o Brasil moderno deveria ser uma lição. Os portugueses que vieram na ânsia de todos os colonizadores – apropriação de terras, exploração de suas riquezas, saques e escravização dos habitantes originais – encontraram nos Tamoios um povo que insistiria em resistir, e nessa resistência encontraram como aliados os franceses que tentavam se estabelecer em seu território. Desapareceram. Em meados do século XVII, já não havia notícia de grupos tupi ao longo da costa. Mas não sumiram por completo, vão reconquistando a duras penas seus territórios. Nos nomes das praias, dos morros, das cidades – Niterói, Iperoig, Bertioga, Araruama – suas palavras ainda permanecem entre nós. Cunhambebe, Aimberê, Piquerobi e Jagoanharo e seus muitos heróis têm seus feitos eternizados. *As ondas do mar vêm e levam as palavras, mas a história fica.*

Naquele tempo as histórias dos Tamoios foram contadas em cartas e documentos portugueses e franceses. A maior parte dos missionários da Companhia de Jesus, incluídos aí os padres Manoel da Nóbrega e José de Anchieta. Outro relato de época dos Tamoios são os registros de Hans Staden, soldado alemão que também viveu como cativo de guerra entre os Tupi da costa. Já no século XIX, Gonçalves de Magalhães escreveu o poema épico "A Confederação dos Tamoios", que gerou uma rinha poética entre ele e José de Alencar, que, em cartas públicas, questionou a qualidade da obra, o que fez até com que Dom Pedro II, então imperador do Brasil e patrocinador de Magalhães, as respondesse, sob o pseudônimo de Amigo do Poeta. No ano seguinte, José de Alencar publicaria "O Guarani".

Zeca não é Tamoio, não é antropólogo e, por óbvio, não estava lá para testemunhar os fatos, mas se pinta de jenipapo e se faz de morubixaba e poeta para nos contar a história a partir de um eu lírico indígena e difuso. Assim, nos apresenta uma descrição ousada dos heróis, lugares e eventos que levaram ao genocídio dos Tamoios, uma história que, em si, conta muitas histórias. Ler Tamoios é estar entre eles, atravessar as matas, empunhar o arco e a borduna ao guerrear, rezar, sentar-se ao encontro dos anciões, sair à caça da suçuarana, chorar ao som dos arcabuzes. E, mais uma vez, a história dos Tamoios será contada. *Essas palavras nunca vão morrer.*

Agosto de 2025.

Paulo Junqueira,
integrante do ISA (Instituto Socioambiental),
desde 2000 atua no Parque Indígena do Xingu
e com povos da região.

Anhe'eng

Estas palavras vão desaparecer.
Estas palavr   ão desaparecer.
Esta   saparecer.
Es   arecer.
E   .

Estas palavras vão desaparecer.

Mesmo assim, vou riscando a areia da praia, contando a minha história. A nossa história.

Eu te prometi, não prometi?

Devo isso a eles também. Eles que somos nós. Nós que fizemos deles *eles*.

As ondas do mar vêm e levam as palavras, mas a história fica. E de tanto ser contada e recontada, um dia será conhecida. Então, vou poder descansar.

Estas palavras vão desaparecer.

Meros riscos na areia da praia, levados pelas ondas, engolidos pelo mar. Signos efêmeros. Linguagem que morre como o homem que a cria.

Mas a história que pretendo contar, não. Esta não pode desaparecer. Como não se vão aqueles que nela morrem.

Quem, como nós, errou pelo tempo sabe que não existe um só momento para se estar.

Eles estão aqui comigo, mesmo que já tenham sido.

Se escrevo na areia é porque sei que as ondas podem levar as palavras, sem tocar no que interessa. Aquilo que vivemos juntos, e ainda vivo. Sonho e pesadelo, vida e morte, guerra e amor.

Se conto e reconto essa história pra mim, e apenas pra mim, também quero que seja um conto de todos, e que todos possam comigo compartilhar.

Cada uma das pessoas que passa se interessa – o que será que aquele doido tanto escreve ali?

A maioria disfarça, alguns passam devagar tentando ler com o canto dos olhos, poucos param e ficam observando. Finjo que não vejo. Foco. Continuo minha saga. Não será lendo-a palavra por palavra que irão conhecê-la. Será um ato de comunhão. Nada dessa comunhão mixuruca, com pãozinho. Comunhão pra valer, canibal, como quando comemos os valentes, depois do calor da batalha...

Escrevo como quem precisa de ar para respirar, enquanto minha cabeça dá voltas e voltas. Como explicar o mistério? Como aproximar a experiência crucial que vivemos do espírito linear daqueles que acaso possam se interessar por meu relato?

Não sei bem explicar com palavras (de novo elas). Sei que alguém precisa contar o que se passou, e assim o mundo saberá.

Então sigo riscando nossa história, como se fosse um poema épico, sem métrica, sem gramática, sem simetria. Conto o que foi, como se passou. Mesmo que nunca tenha se passado de fato. Está por passar.

Às vezes confuso, a língua se me enrola. Perco a mão. Não sei o que escrevo. O que conto. O começo parece o final; e o final, bem, o final é terrível...

Melhor não começar pelo final.

A cantilena nhém-nhém-nhém não possuía fim, nem começo.

Que estranha experiência é o tempo, que só experiência é. A sensação de estar envolto em uma névoa indistinta em que o momento do agora não tem medidas definidas nos devolve a certeza de que não há um caminhar contínuo e dividido em pontos fixos, como em uma régua medindo o espaço. Traçamos uma marca na areia, riscamos e voltamos e a distância permanece a mesma, não muda. Quando marchamos pela mata, à noite, é diferente. O cansaço, a ansiedade, o medo da morte, a bravura do combate que se espera aumentam e diminuem as distâncias, alteram totalmente o relógio interno. Então, estamos soltos num limbo até que alguma referência, um objeto específico, uma fruta da estação, ou o alvorecer, nos desperte.

Viver aqui antes da chegada do invasor era assim, um vagar no mar escuro de um tempo sem marcas, sem calendários e relógios, sem datas, sem história. Vivia-se um dia, como muitos outros dias, boiando no infindo e indiviso. Ontem é antes e amanhã é depois, mas bem poderia ser o contrário.

Estas palavras vão desaparecer.
... palavra vã...
Anhe'eng. Digo.

Vou riscando uma por uma na areia dura da praia, contando com a água que as levará. Repito um gesto que vi em outro tempo. E como nesse outro gesto (ou gesto de outro) uso do fugidiço para alcançar o eterno. Com esta repetição fecho o elo do tempo. Elo que se abriu nesta mesma praia, e que aqui também deve fechar-se.

Disse que repetia um gesto; não apenas um gesto, também eu agora exorcizo demônios e cultuo deuses. Porém, acredito que os meus sejam outros demônios e outros deuses. Demônios da traição e destruição despropositada, deuses da vida como pude perceber que podia ser vivida. Aprendi.

Você se lembra? Como poderia esquecer.

Quando ouvimos contar sua história?

Foi no conselho, na aldeia de Cunhambebe. Aimberê havia acabado de chegar, fugido de São Vicente. Vinha com memórias terríveis, com sede de vingança, com ideias de guerra. Relatos do cativeiro, da humilhação, do desespero e aniquilação.

Contou de Kairuçu, o chefe atraiçoado, morto como bicho, amaldiçoado.

Lá, pela primeira vez ouvimos seu canto de dor e ira. Lá compreendemos que nosso destino estava ligado ao dele.

O canto de Aimberê.

O coração pequenininho, pequenininho apressa o remo e me diz para seguir em frente. Carece sobreviver.

Não importa o pesar, não importa o amor.

O olhar doce e triste de Iguaçu na rede atrás... à frente...

Em frente...

Em frente...

O ritmo forte do remo cortando as águas. Os quatro companheiros, também. Sobreviver.

Dá pra ouvir a respiração e os remos, mais nada.

À frente...

À frente uma pequena linha de luz se abre no horizonte dividindo mar e céu. Apaga a grande sombra. Kuaracy abre seu caminho, anuncia sua chegada. Um novo dia, novo tempo. Liberdade!

Por entre a névoa que agora preenche a alma, a certeza de que é preciso chegar antes do dia claro.

Peró atrás. Morte.

Peró!

Em uma manhã como esta. Há muitas e muitas luas. Piá chegou gritando que tinha visto canoa gigante: ygaraçu!

Todos correram até a areia. Ficaram então crianças e velhos escondidos na mata. Maior que manati, maior que oca. Só não era maior que ybytyra, a montanha.

Da canoa gigante desceram aqueles monstros barbudos. Vieram à praia, deram presentes. Eram amigos.

O coração mais apertado. Querendo acreditar. O pai tinha ficado lá atrás, no engenho. Morto junto ao tronco.

Não pudera cantar e dançar. Não preparara o pai para a viagem.

Peró, inimigo!

Deixar para trás o tormento, o desespero, os mortos, os desgraçados...

Sobreviver!

Remar!

O coração não mentia. Queria acreditar. O sonho, com uamari, o pau-de-sonho, sonhara. Chefiando os guerreiros, cercava a aldeia dos brancos, Piratininga.

Depois, desacreditava.

Nem guerreiro era, era um moleque, criado mais no engenho do que no mato. Um escravo.

Conhecia o tronco, o chicote, a senzala. Há muito não dormia em oca, mas naquela cela de pau-a-pique, úmida e fétida. As feridas nos corpos, as doenças que os perós tinham trazido.

O padre dizia que era culpa deles, pois adoravam demônios. Como podiam ser seus deuses demônios se com eles viviam felizes? E esse deus de sangue e sofrimento que os perós traziam pregado na cruz era mais?

Tinha trabalhado na roça – serviço de escravo – cortando cana para o engenho. Tinha carregado carga como aqueles animais trazidos pelo estrangeiro. Tinha se rebaixado para o feitor.

Não! Não mais! Nunca mais!

Em frente.

Se pudesse escapar. Se chegassem ao território de suas tribos antes que seus perseguidores os alcançassem, talvez...

Não havia dor nem cansaço em seu corpo. Apenas uma sensação morna, densa, que substituía a história das noites sem dormir, os dias sem comer, o frio das águas, o calor do sol.

Exaustos.

A fuga toda era um desatino. Mas tinha que ser. Em algum lugar a corda tinha que se romper. O caminho estreito e interminável, traçado por aqueles estrangeiros, tinha que bifurcar em algum ponto.

E aquela madrugada era aquele nó. Eles saltaram de seu destino traçado como quem pula da ygara em noite escura, no meio do mar.

Agora, remavam desesperadamente para sobreviver.

Em frente...

O coração não mentia. Desde aquele primeiro dia na infância diante daqueles homens estranhos que chegavam em suas casas-ygaras, sabia que nunca mais seriam os mesmos.

Algo lá dentro gritava. Gritava, não, urrava para que se escondesse. Não confiasse, não se entregasse.

Agora estava longe, tão longe daquela curiosidade, daquela inocência.

Eram, agora, dezesseis homens, em três canoas.

Como conseguiriam começar uma guerra?

Conseguiriam.

Prometera a seu pai diante do tronco. Nunca mais escravos. Nunca mais esperando pelo inimigo. Agora, reagiria. Atacaria primeiro. Chega de ver seu povo devorado pelo pau-de-fogo.

Sobreviver. E depois voltar para expulsar todos os perós e vingar nossos mortos.

A ilha já toma todo o horizonte.

A fuga tinha sido invenção e força do novo morubixaba. A promessa diante do pai – o velho cacique valente, cativo, moribundo – forjara a coragem com que convencera a todos de que eram homens livres e que podiam vencer novamente, como guerreiros.

O mangue para cansar o perseguidor. Depois, a cachoeira. A toca. Dentro da água os cães não são capazes de farejar.

À noite o ataque. Nenhum inimigo vivo. Vitória.

Aimberê agora não é mais cativo. Aimberê, morubixaba, filho do grande chefe Kairuçu, o que foi enganado, traído, transformado em escravo. Seu filho vai vingar as maldades feitas pelo invasor.

Seu filho, além de guerreiro valente, conhece o inimigo. Esteve na sua casa, nas suas fortalezas, viu suas armas e conhece suas manhas.

Quem quer ir à guerra com Aimberê?

Assim ele cantou, no mongaba, o conselho de chefes. Diante de Cunhambebe. Diante de nós.

Assim começou sua liderança.

No primeiro grande encontro, o mongaba de chefes, Cunhambebe era o principal. Sua bravura o levou a ser temido e respeitado pelos inimigos. Era muito próximo dos maíras e conseguia ajuda deles. Tinha até uma arma de fogo, um grande trovão de Tupã de ferro que lhe foi presenteado para proteger sua taba. Foi ele quem chamou todos os grandes morubixabas para se reunirem em sua aldeia.

Cada um com os seus guerreiros eram valentes e haviam matado e comido muitos inimigos.

Mas as aldeias dos perós continuavam a crescer. Cada dia eles tinham mais paus-de-fogo e iam mais longe para atacar os nossos. Invadiam as aldeias e matavam velhos, crianças e mulheres.

Algumas mulheres eles levavam. E guerreiros, muitos guerreiros. Os valentes que eram feitos prisioneiros eles não matavam, não comiam. Obrigavam a trabalhar para eles, ou trocavam com outros perós, que os levavam em suas ygaraçus, para longe, muito longe.

Cunhambebe avisava, careciam de força, e por isso tinham que se ajudar. Todos os parentes e até aqueles que já tinham sido inimigos. Agora, era mais importante lutar contra um mal maior. Pay Colas, seu amigo, havia ensinado. Era preciso esquecer pequenas diferenças e se unir, se juntar contra os perós.

Muito falou Cunhambebe, o bravo. Todos escutaram. Ele era um grande chefe guerreiro, valente e sábio.

Falou de um tempo, antes da chegada dos perós em suas ygaraçus movidas pelo vento.

Não havia territórios proibidos, escravos e pau-de-fogo. Os homens lutavam para demonstrar sua bravura, ou por vingança. As tribos eram inimigas há muitas luas, há muitas gerações.

Mas, também, eram parentes e se ajudavam quando preciso.

Um homem aprisionado na guerra não era um escravo, mas um bravo guerreiro que iria cumprir seu destino alimentando a coragem de seus inimigos. Até que fosse devorado, era tratado quase como um parente, como um visitante ilustre. Tinha mulher, tinha comida.

O mundo de seus avós e seus pais era um mundo de dias incontáveis, de espaços infinitos. De andar pela mata em busca de caça, de conhecer cada planta e cada poço.

Guapiruvu, peroba, cairu, capotira, muriqui, anta, tatu, jaguar, avá, xerimbabo, pixixica, as gentes viviam todas juntas em um só canto, uma só canção.

Depois, com os perós, o mundo estava dividido.

Havia o mundo dos tamoios, dos antigos, e havia o mundo do estrangeiro.

Nas tabas dos perós, não havia um só ritmo, uma só dança. Eram uma gente dura, com a qual não era possível se misturar.

Mesmo os da terra que ficaram amigos dos perós, mesmo os parentes que tinham casado suas filhas com eles, eram tratados como titica. Serviam de escravos e guerreiros para ajudar em sua invasão, mas não eram seus irmãos de verdade. Não comiam a mesma caça, não compartilhavam o fogo e a oca.

Não! Não mais se ouvirá de nós o canto do homem livre, enquanto nessas terras continuar soando o troar dos canhões do estrangeiro. Mesmo os que eram sumaram e viviam em guerra entre eles tinham que se juntar.

Era preciso expulsar essa gente barbuda que dividiu seu mundo. A terra tinha que voltar a ser uma.

Depois, outros quiseram falar.

Pindobuçu disse que iria comer todos os perós.

Coaquira contou dos ataques que tinham destruído inteiras duas aldeias de seus parentes; da crueldade daquela gente barbuda, que não lutava com bravura, pois quando estava em situação desfavorável fugia feito a cotia, se enfiando pelo mato aos gritos de pavor, mas quando estava em vantagem matava a torto e a direito, até crianças, mulheres e velhos que não podiam se defender. Descreveu como um grupo de perós apanhou uma cunhã e, depois de deitarem com ela, a cortaram em pedaços com suas espadas de metal, enquanto riam. Depois, brincaram de jogar as partes dentro das ocas onde algumas crianças ainda se escondiam, só para assustá-las antes de entrar e matar a todas.

Muitos outros, então, narraram os horrores da guerra dos perós. Era uma guerra diferente, não era como estavam acostumados, não um ato de bravura entre guerreiros que se respeitavam.

Não era vingança, nem era pela posse de mulheres ou terra.

Era mais brutal, como um divertimento.

Como se aquele povo gostasse de ouvir os gritos e choros, se deliciasse com o terror estampado na cara de suas vítimas.

Difícil de ouvir, difícil de lembrar.

E, no entanto, eu mesmo vi. Nós vimos, não foi? Mais de uma vez.

A tropa de portugueses entrava pelas aldeias como se fosse o próprio demônio, Anhangá.

Anunciados pelo troar de seus paus-de-fogo, queimavam e destruíam tudo, matavam e torturavam os que não podiam levar. Os que não haviam morrido lutando amarravam em uma fila e conduziam sob chicotes, cativos, humilhados.

Também testemunhamos a ferocidade dos gentios.

Os tupinambás não ficavam atrás dos outros. Lutavam com valentia e matavam muitos. Mas não tiravam prazer em torturar e aterrorizar. Gostavam de causar o medo. Fazia parte de sua demonstração de bravura, mas não era um prazer em si, sádico.

Nunca vi em seus rostos, não importa o quanto estivessem possuídos pela ira e pela ferocidade, o prazer perverso que se estampava no rosto dos perós quando estavam em superioridade na guerra.

Você também nunca surpreendeu expressões de medo e covardia nos tamoios como era tão comum nos perós quando se viam perdidos.

Amanhece nesta praia em que escrevo.

Fixo o olhar nas sempre novas cores que nascem do mar a cada manhã.

Por entre a bruma que se dissipa vejo outras águas, outra praia, a baía da Guanabara. Vejo a aldeia de Kairuçu.

Nas ocas agrupadas em torno da ocara, as gentes despertam. O burburinho de curumins, piás e mulheres anuncia o novo dia. Os homens aproveitam o que sobra da noite para sonhar as caças que farão, as batalhas em que mostrarão sua força. Vislumbram também os filhos que virão, as novas tabas que construirão. Inventam o futuro.

Quem poderia sonhar o que viria?

Sonhos de futuro, sonhos de passado. E o presente se materializa nesses traços que vou riscando sobre a areia. A realidade se embaralha com a memória e a imaginação.

Palavras que vão desaparecer.

Escrevo para retomar os fios que careço desembaraçar, o vivido, o perdido.

Escrevo para me reaproximar de você.

As imagens pregadas em minhas retinas.

Um grupo de piás brinca nas águas calmas da baía. Risos. A água fresca do mar convida para o mergulho que compensa o calor que vai tomando o dia, logo pela manhã.

Enquanto dão forma ao barro para fazer seus potes, as mulheres comentam, animadas, os últimos acontecimentos da aldeia. Falam de seus amores, das crianças que crescem, de seus homens.

Na mata, os guerreiros caminham silenciosos. Perseguem a caça, alimento que trarão para a aldeia, onde festejarão a vida, a abundância desta terra, a alegria de serem avás, homens verdadeiros, filhos de Maíra Monan, tupis legítimos, tamoios da terra.

Ao final do dia, uma grande roda se forma na ocara. A aldeia dança, comemora o final das chuvas, a temporada de boa caça e comida farta. Bebem cauim, brincam, sorriem. Olhares são trocados, casais se aproximam, se amam.

Também vejo morte, doença, tristeza e raiva.

A vida se pinta com todas as cores, poema de diversas palavras.

Vejo os perós que chegam, parecem amigos. Trazem presentes, convidam para conhecer as ygaraçus, fazem festa, comem juntos.

Então, de tempos em tempos, voltam. Trocam ferramentas, enfeites, animais, por ibirapitanga. Querem muito. Enchem os barcos, vão embora.

Um dia chegam à aldeia e em vez de conversar como amigos começam a atirar com seus paus-de-fogo. Matam os que resistem. Os que são presos, levam para longe, para um engenho qualquer para trabalhar como escravos.

Os que ficam na aldeia não têm melhor sorte. Os perós trucidam a todos na espada e no pau-de-fogo. Queimam as ocas. Até as crianças, exterminam.

Os da terra nunca tinham visto esse tipo de guerra. Nunca um bravo guerreiro iria assassinar velhos, mulheres e crianças. Seria uma vergonha. Matava-se um oponente valente. Isso mostrava o valor do vencedor. Massacrar crianças era para fracos e covardes.

Assim fizeram os perós, na aldeia de Kairuçu, na baía de Guanabara; na aldeia de Iberê, ao sul; na de Guarabira, no alto da serra; na de Ubiracy, próxima ao Paraíba;

Também nas de Kuará, Jurandir, Japira, Acauã, Kanauã, Anajá, Irapuã...

Como meu totem, o gavião cauré, eu vigio. Alço voo por sobre a mata, por sobre o mundo. Me solto.

Daqui do alto vejo tudo, acompanho. Meus olhos, preparados para enxergar a caça minúscula se movendo no meio das folhas, decifram o indecifrável.

Aguço, vejo o saruê acuado pela caninana. Quase posso sentir o fedor que conheço de meus próprios ataques. Mais adiante dois tiês constroem seu ninho. Numa clareira do mangue, o socó cisma. Do outro lado, o jaguar espreita a capivara descuidada, a flor do caraguatá se abre, pau seco quebra e cai na água, siris se lambuzam na guaparaíba, riachos escorrem entre pedras, yacinas namoram, guanambis visitam manacás, a vida segue.

Vislumbro também o martírio de uma nação guerreira, seu aviltamento. A rápida queda de um povo orgulhoso, que outrora se espalhou por esta selva e se tornou senhor de Pindorama.

Vejo o pequeno e o grande, o piá e o tamoin, a cunhã e o guerreiro. Avaetés.

Percebo o nascimento de um novo mundo antes desconhecido.

No oco das senzalas pressinto o choro, o tormento. Nas manhãs de trabalho forçado revejo os espaços desembaraçados, as vontades desobstruídas.

A terra sob minhas asas é imensa. Percorro praias e mangues, rios e árvores. O planalto infindo. Em todas as direções o verde da mata prossegue. Um nunca acabar de chão.

Mas agora, esse mundo em que tudo cabia, ficou pequeno.

Vejo luta. Disputa de posse. Vejo outra ocupação. Esta se espalha, se fixa, cresce.

Num rasante me aproximo da nova vila. Há uma construção de madeira que se alonga dentro do mar.

A linha de prisioneiros era interminável. Como caberiam todos eles na ygaraçu?

João Ramalho chegara na noite anterior com sua tropa. Tinham negociado quinhentas peças com o capitão do navio que estava na barra.

Muitos já estavam presos há tempos. Percebia-se por seu semblante abatido, sua magreza e sua falta de espírito. Outros foram trazidos naqueles dias. Para uma quantia tão grande os preadores de João Ramalho tiveram que sair à caça. Atacaram as aldeias que puderam e fizeram uma grande coleta.

Aqueles homens jamais veriam suas aldeias novamente, não mais encontrariam suas mulheres e crianças. Seu destino era o trabalho e a morte na escravidão em alguma terra perdida neste mundo grande, para lá do mar, paray, onde os perós tinham outros engenhos. Ninguém voltava dessa viagem.

Não havia fuga. Não havia libertação.

Seguiam amarrados, as cabeças baixas. Gado para o matadouro. Não mais avás.

Os traços que deixo na praia para contar esta história são como a vida do gentio sobre essa terra. Passado um tempo, não há mais provas materiais, não sobram monumentos, estradas, construções. A mata volta ao estado virgem, como se nunca tivesse sido tocada. O mar lambe as minhas palavras para voltar à sua dança com a Lua, deixando sua esteira de espuma sobre a areia lisa.

Desaparecer.

Cunhambebe, Pindobuçu, Coaquira desvanecem. Com eles, suas casas, suas esposas, filhos, parentes, suas redes, seus arcos certeiros, seu fogo.

Persiste o espírito de luta. Sua revolta, sua ira, sua história. Vivem em meu espírito, em nosso espírito...

Não se apagam os sofrimentos, a valentia, nem se esquecem os seus feitos.

A invasão dos perós nos idos de Aimberê permanece também. Ainda, e sempre, conquista, colonização, violência.

Só que essa outra civilização deixa suas marcas no corpo, no espírito e na terra. É uma gente preocupada em perdurar, com medo da morte, da inexistência. Como se simplesmente não tivessem vivido caso não se conservem evidências sólidas e duradouras que confirmem sua passagem pela Terra.

Os tamoios passaram e, por que estiveram de verdade, não precisaram deixar rastros.

Era assim que nos movíamos pela mata. Como o vento. Como pássaros cujo caminho só pode ser percebido no momento em que atravessam o ar. Nem isso. Os guerreiros cruzavam vales e montanhas no escuro da noite, invisíveis.

Era a guerra!

Às vezes passávamos mais de uma lua metidos no mato, atacando fazendas, tocaiando grupos de perós em viagem, destruindo aldeamentos e postos de vigia.

Fazíamos prisioneiros. Os valentes eram trazidos para as aldeias para serem comidos segundo o velho costume. Os da terra, que haviam sido escravizados, eram soltos e, na maioria das vezes, se integravam nos grupos de guerreiros para combater o inimigo comum.

Alguns voltavam para suas aldeias ao sul e no planalto, pois queriam juntar-se aos seus e ajudá-los a resistir aos preadores de escravos que volta e meia retornavam em sua fome de mãos para o trabalho da cana.

Os gentios que tinham se aliado aos perós eram mortos, por sua covardia e traição.

Destruídas as casas e construções, tocava-se fogo. Mulheres e crianças acabavam se tornando parte das aldeias para onde as levavam.

Com esses ataques-surpresa obtínhamos várias vantagens. Vingança, enfraquecimento das posições inimigas, o fortalecimento de nosso exército, enquanto se preparava o ataque a posições mais fortificadas e, principalmente, o crescimento do terror entre os perós.

Os libertos davam notícia de que Aimberê era temido como um demônio e a simples menção de seu nome podia fazer com que um pelotão inteiro de perós batesse em retirada, apavorados.

Desaparecer...

Em Enguaguaçu havia um grande engenho onde viviam alguns perós, mas basicamente tudo era feito por gente da terra que tinha sido escravizada.

As mulheres limpavam a casa, faziam a comida, cuidavam das crianças, lavavam a roupa. Depois, serviam aos perós, pois estes sentiam falta de mulheres já que nenhuma vinha em suas ygaraçus. Algumas cativas chegavam a coabitar, outras eram apenas usadas para alívio e mandadas de volta, muitas vezes para seus maridos que viviam ali nas senzalas.

Os antigos guerreiros orgulhosos, agora viviam sob vigilância, como cativos, prisioneiros, servos do dono do engenho. Trabalhavam no plantio e corte da cana e dos alimentos básicos. Trabalhar na roça, obrigado, por vontade de outro era humilhante. Um avá, gente de verdade, deveria andar solto pelo mato em busca de caça, alimentos e estar sempre pronto para lutar.

Os que se revoltavam eram chicoteados e presos ao tronco. Muitos morriam ali. Outros desistiam de viver e iam minguando. Alguns enfrentavam os feitores e guardas e eram mortos na luta.

Sempre chegavam novos cativos para repor os que se iam. Havia muitas aldeias pela mata afora para serem atacadas. Os perós não temiam que faltassem mãos para o trabalho. Por isso, também, não tinham dúvida em eliminar os que causassem problemas.

Estas...

O mais feroz era sempre o grupo liderado por Aimberê.

Desde que fizera o seu discurso no conselho era impossível deixar de segui-lo. Ele representava a verdadeira revolta e insurreição. Era aquele que quebrou as correntes, um bravo que comandava com conhecimento do que era ser subjugado.

Espírito valente.

Depois de cada ataque, a volta para casa. A aldeia de Uruçumirim na baía de Guanabara.

Eram períodos de idílio, embalados pela vida simples da taba, pelo amor caloroso das cunhãs, pela paz entre batalhas.

Mas Aimberê tinha ânsia de combater. Uma urgência que ultrapassava a de todos os outros líderes. E que era inusitada no ritmo de vida dos habitantes da terra. Ele tinha pressa, precisava cumprir a promessa feita a seu pai, tinha que destruir Brás Cubas e seu engenho em Enguaguaçu.

Sua sede de vingança e sua certeza de que só aniquilando todas as vilas dos perós, expulsando ou matando todos eles, poderiam voltar a viver como avás verdadeiros o impulsionava sempre a deixar a tranquilidade da aldeia e se lançar em ataques cada vez mais ousados e ferozes.

Não sobrava muito tempo para gozar as delícias da vida pacífica da taba, entre irmãos, com as mulheres amadas e com a mais bela paisagem já imaginada.

Ainda assim, ninguém reclamava. Todos seguiriam Aimberê se ele pedisse para que fossem ao próprio oco da terra para enfrentar Anhangá em pessoa. Sentiam sua urgência em suas entranhas, como se tivessem que salvar suas próprias cunhãs e piás do destino de Kairuçu.

Retomavam suas armas e seus ares ferozes. Atravessavam enormes distâncias de campo e rios, matejavam serpeantes, sorrateiros e surgiam como raios mortíferos, Tupã encolerizado, tamoios aguerridos destruindo o invasor.

Palavras...

Quantas vezes, sentados em frente ao nosso tamoin, o velho, ouvimos suas histórias?

O seu murmurar sincopado e melodioso permanece em meus ouvidos recontando esse passado ainda presente. O som de sua voz se mistura ao das ondas do mar e segue impregnando meu espírito e me embriagando de mata e de guerras, de amores e de tristezas até o ponto de não saber mais o que é canto e o que é vida.

Reuníamo-nos em torno da fogueira para ouvi-lo. Talvez por efeito da aguardente, do fogo e da música, a noite parecia congelar em torno de sua canção e o mundo se tornava uma imensa toca negra de onde podiam surgir onças, tapires, grandes guerreiros, caçadores, lindas cunhãs, Maíra Monan, um céu cheio de antepassados que viraram estrelas, ou um mar intransponível, caminho da terra sonhada...

A cantilena do tamoin.

Monan o velho.
Monan o primeiro.
O antigo.
Vive desde o começo.
Vive sempre.
Conhece as gentes, as plantas, a terra.
Monan, grande pajé.
Sábio, mago, transformador.
Torna as formigas em bichinhos pequenos para que possam colher as folhas e levar pra dentro da terra.
Dá asas ao anum para ele poder voar e trazer a noite.
Deu forma à terra, criou o mar e os rios com o dilúvio.
Monam o grande, o verdadeiro.
Sempre vivo.

No início, não havia início, só o escuro e tudo e Maíra Monan, o primeiro, cantando as coisas que existiriam no mundo. Uma toada longa e sinuosa, capaz de desenhar no tempo um mundo. Monan e as forças telúricas, Monan e o ar, e, finalmente, o fogo. Os primeiros espíritos e as primeiras gentes.

E Maíra passeando entre as gentes e vendo tudo o que havia cantado. A terra plana e sem divisões dava de tudo, frutos, caça. A comida era fácil, não havia fome nem necessidade de lutar pelos melhores territórios. Tudo era de todos, era para todo mundo. As gentes todas se entendiam em uma só língua e viviam em paz. O jaguar, o muriqui, a cotia, os pássaros, todos eram gente do mesmo tipo e dividiam a terra segundo os costumes de Monan. Seguiam a lei de Monan.

Mas, depois de um tempo, Maíra não gostou do que viu. As gentes se esqueciam de seus mandamentos e faziam tudo ao contrário. Cada um vivia pra si e brigava com o outro. Não dançavam mais para seus mortos, não respeitavam os costumes. O grande ancestral ficou furioso, trouxe o fogo do céu e o ateou por sobre toda a terra. Destruir tudo, arrasar, era seu desejo. Só ficou um homem só: Irinmajé, o pai. Um apenas Maíra Monan poupou, levando-o para a Terra-sem-Males para que não se queimasse.

Mas o pajé-pai não queria viver sozinho.

— Tamoin, assim não quero viver, não.

— Que foi? Não fica contente aqui na Terra-sem-Males?

— Sinto falta de uma coceirazinha, de picuim.

— Sente falta de coceira ou de nhéco-nhéco?

— Isso, também. Isso, mais que tudo. Bem que uma cunhã cheirosa fazia meu dia mais feliz.

— Te dou cunhã pra fazer cafuné e cauim. Já vai tudo desandar de novo...

— Ah, tamoin, dá vai? Tô trintin, tristin.

Tanto pediu a Monan que lhe permitisse voltar à terra que este, para lhe satisfazer o desejo, mandou o dilúvio apagar o fogo. Da força das águas se formaram as montanhas e os rios, e com eles, o mar. Da terra arrasada surgiu Pindorama, a terra em que vivemos, o lar dos avaetés, as gentes verdadeiras.

Depois, conformado, Maíra fez uma companheira para Irinmajé, para que este pudesse se divertir e ter os filhos que povoariam a terra. Permitindo que procriasse e começasse de novo a linhagem das gentes, fez surgir a nação tupi.

A noite prosseguia infinda. Em torno da fogueira ouvíamos o murmurar melódico do tamoin, acompanhado de seu maracá, contando a história, relembrando o passado, recriando o mundo dos mamaé, os espíritos, para poder entrar de novo em seu território.

Com ele seguíamos por esse caminho entre mundos. Às vezes escutávamos, outras dançávamos ao som de sua canção... Canto e realidade se moviam, se misturavam. A beberagem que ele nos dava ajudava na transição. Era um portal...

Do canto do tamoin nasceu o mundo sagrado dos tamoios. E a sua Guerra Santa. Mergulhamos, eu e você, sem saber direito porque, nem como. Como em um sonho, como se a vida toda estivesse ali apenas para preparar esse momento. O salto do bravo, naurú, guarini. Apoanã! Erekatu!

Renascidos da mata nos aproximamos da aldeia de Cunhambebe para testemunhar o mongaba. O espírito renovado, a carne dura.

Conhecemos a vida deles, a nossa vida. Aprendíamos o modo tamoio, seu espírito e seus costumes. Quem éramos nós? Iguais, perdidos no tempo e espaço. Buscando nossa verdadeira história, nossa raiz. Encontramos a passagem.

Antes da chegada dos perós não havia quem mandasse. Cada um escolhia como queria viver. E todos sabiam quais eram seus afazeres. O mundo dos tamoios era de um só jeito. Os homens caçavam e guerreavam, faziam suas flechas e arcos, suas bordunas. As mulheres plantavam, faziam a comida, os potes... O fogo era o homem que acendia. Os curumins viviam ali em volta, aprendendo a ser gente grande, avaetés, a caçar e a dançar; ouvindo as histórias contadas pelos tamoin, tomando banho no rio; conhecendo os rastros da anta, da capivara, do quati...

Os parentes escolhiam um bom lugar, construíam junto suas casas, formavam uma aldeia, anacetaba, e ali viviam em meio às outras gentes, os macacos, as ariranhas, as onças e as cobras, m'boy...

Tinha também os tapuias, as gentes que não conheciam os costumes e não eram parentes. Eles eram filhos de Puxi, o feio, que fora expulso porque vivia brigando e não sabia viver com as outras gentes.

Erampovosdecostumeestranhosecomelesguerreávamos...

Com a chegada dos perós, tudo ficou diferente. Os filhos de Puxi passaram a ser nossos amigos, nossos parentes distantes, com quem precisamos nos juntar para enfrentar um inimigo mais feroz e mais selvagem ainda.

Enquanto risco estas palavras, sob o sol escaldante, ouvindo o marulhar das ondas, às vezes alcanço o transe. Sinto a proximidade dos mundos novamente. Ouço vozes, risos, choros. Posso sentir os cheiros e a presença dos mamaé, de vocês, Diacira, a taba...

Desejo de atravessar, de voltar novamente. Ânsia de encontrar mais uma vez a vida como vivi. Então, me lembro que minha missão é esta. Devo ser a testemunha, o que sobreviveu, o que pode contar a história. Salvo da carnificina para lembrá-la sempre, e recontá-la.

Você ficou para a festa. Nos separamos. Não mais nos veremos enquanto essa história ficar dividida entre o mundo de cá e de lá. Essa é a nossa sina. Irmãos apartados pelo sofrimento, pela derrota e pela crueldade do invasor.

Alguém precisa impedir que se cale essa voz. Essa narrativa precisa chegar aos ouvidos moucos. O silêncio que se impôs ao nosso passado não pode vingar.

Por isso, permaneço reconstruindo nossa experiência.

Palavras vãs.

Por primeiro, era visitar as aldeias, chamar os povos irmãos para se juntarem, formar a confederação que iria varrer de

Pindorama aquela súcia de degenerados, aquela caca de micuim que tinha infestado a Terra.

Aimberê andava pelas aldeias como um anunciador, vaticinando o final dos tempos, a guerra-sem-tréguas. Seguimos com ele pelas matas da beira-mar, do planalto, da Mantiqueira. Percorremos o Sul distante, os riachos e pirambeiras, as aldeias dos tupinambás no baixo Paraíba, os agrupamentos tapuias do Norte, cabanas e acampamentos provisórios, sempre dispostos a tudo para juntar o exército da libertação, sempre ocultos pela floresta. Ligeiros, silenciosos, impávidos.

Os perós ainda não sabiam de nada. Pensavam que estavam todos os da terra encolhidos, temerosos de seus paus-de-fogo, de seus ataques violentos. Que sabiam eles?

Aimberê preparava sua guerra como quem trança uma rede de cerco. Uma vez estabelecida a trama, os perós conheceriam a fúria vingativa dos tamoios.

Eram meses de andanças em que a vida de Uruçumirim, a aldeia de Aimberê, seguia em frente sem que Iguaçu soubesse se veria de novo seu companheiro. Os homens que ficavam na aldeia permaneciam caçando, pescando, se reunindo aos finais de tarde para decidir como levar em frente a lida, sabendo que longe, em algum lugar da mata, Aimberê preparava o bote. As mulheres plantavam, colhiam a mandioca, faziam o beiju, mastigavam o cauim e sonhavam com seus homens na rede. Os mais velhos, sentindo tristeza por não poderem participar da valentia de seus sobrinhos, sonhavam com guerras passadas e futuras.

Pindobuçu, sogro de Aimberê, sonhou que caminhava entre catetos que lhe esfregavam as pernas e o obrigavam a se embrenhar em uma barroca profunda de onde não conseguia mais sair. Ao seu redor, os lírios suavam sangue. Tentava fazer a volta, correr para fora dali, mas os catetos não davam trégua, empurravam-no sempre mais e mais fundo. Lá em baixo, Kuaracy não alcançava iluminar, nem aquecer. Era como se fosse noite e os espíritos de seus avós sussurravam canções tristes. Acordou e compreendeu que seus dias se aproximavam do fim.

Canto a cobra que sou. Jararacuçu, me viro. Me estendo no caminho, sou raiz, cipó, mimetizo. Sigo sinuosa, lisa, letal, infalível, por entre a folhagem rasteira. Espreito. Sapos, rãs, preás, me aguardam.

Conheço um mundo de silêncios. Deslizo sem deixar rastros. Imperceptível, assisto as gentes pererecando pelos caminhos.

Raramente participo de seus destinos. Meu veneno mortal impõe respeito, temor.

Às vezes sou atacada. Desvio, sumo no mato.

Minha pele elástica ilude. Retorço. Não tenho pressa, sigo no rumo da manhã seguinte como sempre fiz. Por entre raízes e pedras, suave, senhora de mim.

Porque se agitam tanto essas gentes?

Em uma de suas voltas a Uruçumirim, Aimberê e Parabuçu, seu cunhado, descansavam na rede depois de um dia de pesca no mar:

— Ontem à noite, olhava a beleza desse mar, dessas montanhas, quando compreendi que meu pai me acenava no céu. Apareceu feito estrela por trás do morro e piscou.

— Kairuçu descansa junto aos mamaé, seus irmãos, na terra do outro lado.

— Descansa, não. Não pode. Ainda guarda no coração o pau fincado no terreiro onde seu corpo foi amarrado. Seu espírito vai ficar vagando até que eu arranque esse tronco e jogue no fogo.

— Todas as gentes dessa terra vão com você. Quando você disser que é hora, os guerreiros sairão de suas tabas e se unirão como as águas todas se juntam nas épocas de calor. Então, os perós conhecerão o que é a tromba d'água.

— Todo dia eu sonho com essa hora, dormindo ou acordado. Assim que os caminhos estiverem livres das enchentes, nós começamos.

— Até lá, olha só a vida ao seu redor. Veja as meninas saindo em fila do caminho do rio, fresquinhas do banho, prontas para virar moças. Anaraí já tem peitinhos, no próximo resguardo já 'tá pronta pra casar'.

— Quando eu sair pra batalha, Parabuçu fica, cuida da aldeia, das mulheres e crianças.

— Eu também quero vingar nossos parentes mortos.

— Primeiro você cuida de fazer mais guerreiros, Anaraí não vai ficar esperando, outro passa e pega.

— O que é de avá, bicho nenhum vai pegar. Eu vou à guerra.

— Vai não, fica e casa, depois vai.

Aimberê atirou o miolo do araçá que estava comendo, acertando Parabuçu na testa. Este, por sua vez, pegou um pouco do barro que havia trazido para sua mãe fazer cuia, veio por trás e esfregou na cara do cunhado. Iraí, que estava por ali limpando gravetos, aproveitou a distração dos dois para banhá-los com a água sobrada na moringa. Em pouco tempo toda a taba participava de uma batalha de frutas, barro e toda a sorte de sobras, melecas e líquidos encontráveis por ali.

Pindobuçu aproveitando os ânimos propôs um jogo do tronco. Os homens foram todos se agarrar à estaca fincada no meio da aldeia enquanto as mulheres faziam de tudo para arrancá-los de lá. Alguns se soltavam facilmente porque sentiam cócegas, outros resistiam. Foi preciso que Araci atacasse diretamente Iberê em sua virilidade para que ele largasse da estaca e se defendesse.

A noite nos encontrou bebendo e dançando: a festa da despedida.

Aimberê iniciou seus ataques quando acabou o verão e os caminhos voltaram a ficar secos. Os perós despertaram de seu sono tranquilo para o pesadelo. Os ataques surpresa mantinham uma tensão no ar que não permitia descuido.

O cerco ia se fechando, os aldeamentos dos invasores iam se protegendo, aumentando suas defesas e concentrando suas forças, mas sempre um novo ataque mostrava que não havia lugar seguro, que ninguém estava a salvo.

Na mata, sentíamos o cheiro do medo aumentando, crescendo.

Do alto do morro onde tinham parado podiam ver toda a fazenda. Aimberê chamou Catuiti e pediu que se colocasse no alto da guararema que se erguia próxima à paliçada. Dali, uma flecha certeira poderia silenciar um vigia.

— Os vigias dormem, bebem e ficam moles. Quem os acorda toda hora é o feitor. Precisa calar a este. É o homem grande que passeia com o jaguar na corda. Com ele morto, o ataque está garantido.

— Pode deixar que dessa distância não tem como errar.

A morte do feitor foi a deixa para que o ataque começasse. Aimberê lidera um grupo que entra pelo portão principal e impede que a sentinela dê o alarme. Em seguida, invadem a casa de armas onde se reúnem e dormem os homens da defesa. Num piscar de olhos eles dão o sinal aos outros para a invasão. A algazarra com que todos entram correndo desperta toda a fazenda, apenas para que assista à destruição. Fogo é atiçado contra as construções e a paliçada enquanto o grupo liderado por Aimberê vence as últimas defesas na casa grande. A família do fazendeiro é trazida para o terreiro onde, à vista do que sobrou dos escravos e trabalhadores, todos são amarrados e mantidos prisioneiros. O chefe da família, morto pelo próprio Aimberê em combate direto, é arrastado para fora da casa o que causa alvoroço e choro das mulheres e crianças. Aos gritos, o filho do fazendeiro, preso antes que pudesse alcançar suas armas, jura vingança.

A batalha já está terminada. Rápida como um raio, a destruição chegou ao antes pacífico reduto. Aimberê inicia uma dança de vitória, seguido por seus homens. A desforra dos tamoios se alastra, mais uma carnificina, mais um golpe dado na soberba dos perós. O sonho se tornando realidade. Hora de cantar e dançar.

Cantávamos, dançávamos, dormíamos e acordávamos com o nosso tamoin entoando sua ode. Aprendíamos?

Você sabia, desde antes, desde o princípio.

Minha parte era outra.

Como nós, Kuaracy e Jacy eram irmãos gêmeos, pois nasceram da mesma mãe. Porém, não vinham do mesmo pai. O primeiro era um herói legítimo, filho de Maíra Monan, já o segundo era filho do sariguê.

Suas aventuras começaram em seu nascimento. Sua mãe, emprenhada por Maíra e pelo gambá, foi atacada pela tribo do jaguar e destroçada. Os gêmeos se salvaram, pois Kuaracy era indestrutível. Logo depois, os dois recolheram os pedaços de sua mãe e a reconstituíram, ressuscitando-a. Infelizmente, Jacy, ansioso por mamar, se atirou ao corpo da mãe que não resistiu e morreu novamente.

— Tenho um plano, diz Kuaracy para seu irmão, vamos convidar a tribo do jaguar para comer o fruto da pitanga que cresce naquela ilha.

Enquanto os inimigos atravessavam o mar, os irmãos vingaram-se mandando uma tempestade que afogou a todos.

Saíram então em busca de seu pai.

Kuaracy se destacava em tudo. Jacy o seguia com devoção.

Kuaracy ia à caça, era o melhor caçador.

Jacy não sabia caçar bem.

Kuaracy ia à guerra, matava e aprisionava muitos inimigos.

Jacy, uma vez, trouxe apenas um braço de um inimigo, o que fez com que seu irmão risse muito dele. Jacy não se importava, seu irmão era um verdadeiro herói.

Kuaracy dominava as forças do vento e da chuva. Conhecia as águas e podia nadar. Sabia onde estavam os frutos bons e quais os venenosos. E tudo isso ele ensinava aos homens.

Jacy acompanhava seu irmão onde ele fosse e ajudava no que conseguia.

Quando encontraram Maíra, o pai do herói, em uma aldeia ao norte, este lançou um desafio – Maíra queria saber se eles eram mesmo quem diziam. Ele lhes deu um arco duríssimo, que ninguém conseguia distender e pediu que atirassem em uma pedra. Kuaracy esticou o arco sem dificuldades e sua flecha se cravou no interior da rocha abrindo passagem pela força. Jacy atirou em seguida e sua flecha acertou a flecha do irmão, também penetrando a pedra.

Satisfeito com esta demonstração de força, Maíra os desafiou a atravessarem por Itairapi, as pedras que se chocam. Kuaracy sabia que Jacy teria dificuldade em fazê-lo e por isso pediu que este fosse primeiro. Quando as pedras se chocaram e trituraram o irmão mais fraco, o herói recolheu seus pedaços e o reviveu. Então, os dois fizeram a travessia juntos e provaram ao pai que eram os verdadeiros gêmeos.

Sempre gostei das histórias dos gêmeos, eram as minhas preferidas. Me lembravam de nós mesmos. Era como se já estivéssemos lá, entre os míticos tupinambás, errando pelo mundo e vivendo aventuras extraordinárias.

Estas palavras vão desaparecer.

O que nos atraiu a este lugar? Ao velho?

Por que, em vez de seguir os caminhos de todo mundo, insistíamos em vir para esta praia vazia, esta beira de rio? Era como um chamado, um canto de Iara, a flauta do Jurupari. Éramos livres? Duvido.

Tínhamos um compromisso marcado. Uma noite – qualquer noite – o tamoin apareceria, apareceu, aparecerá e começará a cantar sua canção profunda e trágica. À luz da Lua, Jaci, refletida no mar nós vamos entrando em um mundo novo. Mundo de encantamento e tristeza, de luta e pureza.

Da areia partem os ramos da jetirana nos atraindo para a mata-sem-fim, para o mundo misterioso da muralha verde escuro. São dedos, braços que nos puxam, convidam. Sair da praia, do sol, embrenhar-se no mato, virar bicho, jaguar, suçuarana, galgar espaços, percorrer trilhas quase invisíveis, mergulhar no bafo quente do pé da serra. Seguir o avô pelos caminhos do tempo e da galharia, sentir sob os pés o chão descalço dizendo que o nosso povo andou por ali.

Desde criança você sempre disse que era um bravo, um nativo. Eu custei mais pra entender.

O tamoin começou a cantar, você parou pra escutar. Antes que eu me ligasse você já compreendia o que ele dizia. Quando percebemos, estávamos atravessando o território, em busca dos antigos, dos que sempre estiveram ali. Arrancados de nosso torpor, marchávamos decididos para o nosso destino. A aventura teve início, entramos na luta que era nossa e nem sabíamos. Compramos a briga e dela não mais sairíamos.

De dia era a marcha; à noite, em volta da fogueira, ele retomava.

Anheeng, meninos eu vi...

Tupã atravessando o céu como um raio, soltando trovões para ir visitar sua mãe, Nandecy, em sua morada, lá onde Kuaracy, o Sol, aparece pela manhã.

Sumé, o sábio, ensinando a plantar a mandioca e a raspar a cabeça.

As primeiras guerras, os cuidados para não ser apanhado pelo Curupira no meio da mata...

O sangue tupi.

Engordando a terra, fez brotar a mata. Alimentando os rios e o mar trouxe o peixe para a nossa fartura. Também as caças, as frutas, a mandioca e o cará.

Se espalhou nas gentes.

Não, que não éramos bugres, não tínhamos sangue de selvagens, nem nódoa de suas esquisitices. Sempre nos vimos por brancos – você já sabia, duvidava –, eurolegítimos. Vindos, como todos os outros brasileiros da estirpe dos belos cavaleiros medievais, dos padres e dos sábios.

Quando que alguém sabia que era avá de pai e mãe? Tupi na raiz. Desde cedo, aprendemos que os indígenas sumiram, desapareceram, foram mortos ou se mataram de desgosto e fraqueza, pegaram doenças. Não bugre, não primitivo, não brasileiro, nem. O brilho no espelho nos respondia como puros, imaculados. "Não descende o fraco do forte... meu filho não és".

A casca se perde e o fruto maduro é o sangue. Lá, no oco da mata, na cantilena da noite negra aprendemos outra história. O corpo se abriu à escarificação. As roupas abandonadas guardaram com elas as visões distorcidas de nós mesmos. O tamoin, qual Sumé, ensinou as danças, as pinturas, o urucum e o jenipapo, o timbetá e a tonsura.

Então, o meu espelho que era você apresentou a minha, a nossa, verdadeira linhagem. Sempre fomos tamoios. Misturados, escondidos, alterados, mas tupis legítimos. Retiradas as camuflagens, surgiu Kuaracy, o herói, diante de mim. Pronto para a guerra, pronto para as aventuras que viriam a seguir.

Com a aparência veio a ciência. Poucos dias de mata (ou terá sido uma vida inteira?), das histórias cantadas, da caça e pesca, do cachimbo e do cauim operaram o milagre. Nós que não sabíamos, éramos tupis, parentes fidedignos de Cunhambebe e Aimberê. E assim, fomos apresentados ao conselho, em Iperoig. Assim ouvimos pela primeira vez o chamado da guerra.

Com a marca de nossa ascendência nos aproximamos de nossos irmãos tamoios para conhecer a sua sina. Aprender sua versão possível dos fatos. Se bem que entre nós, os fatos não importavam tanto. Cada um constrói seu mundo de acordo com suas observações, mas também com suas vontades. A nossa vontade, a vontade deles, era a esperança do tamoin de que aquele mundo não se acabasse quando ele não estivesse mais aqui para cantá-lo.

Canto que eu sigo, dançando, murmurando, riscando na areia...

Palavras ao léu. Inúteis. Vagas.

A minha cabeça mareia e se mistura com a maré. Sua ausência me priva do brilho, falta o lume do qual sou reflexo, a luz de Kuaracy. Vago entre sombras. Dia e noite são mundos ocos.

O que vivi eu sei, mas não encontro a trilha do recontar. A cada passo que dou mata adentro recuo. O pavor me espreita no final da vereda. Caci, a dor.

Corpos encharcados, feridas fétidas, a morte estúpida, iba, impensável e inesquecível. Paba... O fim. As crianças, as mulheres, Diacira, nossos curumins...

Ainda bem que as ondas lavam a areia dessas máculas sangrentas, essas memórias corrompidas. A praia limpa desmente o tormento, tudo é novo, tudo se inicia outra vez, sem a marca da destruição e da agonia.

Marã-monhang

Divago. Sinto no corpo o ardor do combate. Revivo. Relembro. Danço.

O peró não poderia adivinhar. Ao ver um homem sozinho, deixado para trás, achou que era presa fácil. Apenas levantou seu trabuco.

Treinado em reconhecer os sons da batalha, tomo a dianteira e com uma pedra silencio o tiro que denunciaria o ataque. Atingido na cabeça, o assaltante cai ao meu lado e sobre ele me atiro. O duelo feroz e curto termina quando meu tacape abre o crânio de meu inimigo fazendo jorrar o líquido vermelho e quente. O calor e o cheiro do sangue enchem meu peito. Sinto que sou um bravo. A força de meu oponente crescendo dentro de mim, alimentada pelo gosto acre da morte.

Tupã anuncia a vitória. O calor da luta pulsa em minhas têmporas e um sorriso triunfante recebe a chuvarada. Gotas escorrem por meu rosto. Respiro, me exponho. A garoa se torna tempestade. Sem medo dos raios e trovões, me levanto, estico os braços e recebo o sacramento.

Alívio.

A água limpa o suor, o urucum, o sangue.

O peito aberto, um verdadeiro guerreiro tamoio. Eu.

Estas palavras são flechas.

Certeiras.

Mortais.

Atiro, uma a uma sobre meus inimigos: a ignorância, o olvido, a indiferença.

Sozinho nesta praia de tantos anos, sigo, anoto, narro, atiro dardos letais que hão de abrir um rasgo nesse manto que cobre aquela vida, a nossa vida, a deles.

Sigo minha busca, a nossa. Conto com seu apoio. Você sempre esteve aí para mim. Sem isso não seria possível. Me esforço para cumprir minha parte. Para poder olhar em seus olhos quando nos encontrarmos de novo.

Do alto do céu o gavião cauré que me espiona pode decifrar a ira que me investe contra kyriri, o silêncio, a omissão. Amaldiçoo o canto triste de nossas mentiras passadas de pais para filhos. Contos de "heróis da colonização"...

Os riscos na areia, como a pintura em meu corpo, me adornam e me desmudam novamente em guerreiro, um guarini.

A alvorada surge lúgubre, anunciando o aguaceiro que viria. A penca de homens conduzidos por você, já um líder reconhecido, tinha cruzado a noite no caminho entre o Paraibuna e a Taboca dos Catetos, posto fortificado dos perós, avançado já na bacia do Anhembi. Eu ia junto, seu escudeiro, Jacy, filho do sariguê.

Quebrar a resistência em torno do colégio dos padres. Não houvesse ninguém para interromper o caminho, era atacar a vila do planalto. O porto de Brás Cubas ainda iria ver os tamoios chegando por todos os lados.

Um ataque surpresa.

Um grito na madrugada. O silvo das flechas. Músculos retesados em combate.

O ouvido treinado antecipa a peleja, a destruição e os corpos trucidados. O cheiro da morte no ar, misturado com a fumaça e o fedor típico das povoações dos perós. Espera vigilante. Pode que algum escape, ou que eles tenham armado arapuca.

Os ataques agora eram de alguma forma esperados. Era tempo de guerra. Mesmo na distância, mesmo na quietude dos tempos mornos das enchentes, um olho está sempre à espreita, um ouvido escuta.

O cerco silencioso, os sinais combinados, três grupos se aproximam para o assalto. Na mata em torno, alguns, na espera.

Caos. O sururu formado. Uns correm, outros tentam pegar suas armas. O fogo queimando as taperas. O clarão avermelhado substitui os raios de sol que não aparecem. Kuaracy se recusa a assistir ao espetáculo. A garoa persiste. Chora os mortos.

Todos choraremos, choramos. Nossos mortos, nossos companheiros, irmãos.

Isso depois, que hora de guerra não é hora de choro. É ocasião de valentia, de raiva forte e nenhuma pena. Aqui matamos, destroçamos, vingamos. Depois, bebemos e festejamos a vitória, os prisioneiros alcançados, amarrados, a ser devorados. O tempo de carpir vem depois, quando nos despedimos dos bravos que tombaram. Os rostos que não mais veremos nesse mundo. Caiubi, Apuã, Irapuã, Ubiratã, não mais voltarão para suas ocas, não verão mais suas cunhãs, nem seus parentes. Por eles, lamentamos, assim como gemerão os seus quando souberem.

Não era o primeiro, não seria o último. Os ataques dos homens de Aimberê eram incontáveis, viravam lenda e se multiplicavam na dura realidade de sangue e fogo assim como nas mentes de amigos e inimigos. Uns, orgulhosos e ávidos de novas vitórias, outros, cada vez mais aterrorizados.

Sou camburí.

Nado em águas vivas, correntes. Me esgueiro entre pedras, galhos, folhas.

Alcanço o fundo, o poço escuro e descanso.

Volto à tona. Como insetos, subo o rio para a piracema. Vejo um mundo distorcido acima. Luz e sombra, o verde infindável. Aí se movem outras gentes.

Minhas guelras se expandem, retiram da água a vida que me torna pirá.

Perigo.

Cobras, jaguatiricas, ariranhas me querem. Liso, me torço. Elástico, escapo.

Volto ao fundo. O poço, tingá. Segurança, quietude, sossego de robalos.

Vejo a lenha queimando na fogueira. A noite desperta as lembranças mais distantes. Pequenos acidentes que se perderam no tempo. Coisas que nem prestamos atenção e que só vamos perceber que nos tocaram quando surgem no meio do fogo.

A cunhã era ainda quase uma menina. Ao mesmo tempo que arrancava a pele de um peró com a ajuda de uma pequena faca feita de osso de animal, entoava um canto misto de ódio e alegria. Celebrava sua liberdade. E, ainda assim, parecia lamentar a perda de seu homem, o inimigo com quem coabitara desde que fora apreendida.

A ferida fétida fica purulando semanas a fio. O corte feito pela lâmina enferrujada do peró recusa as mezinhas do pajé. O maracá, a fumaça, o canto, nada faz efeito. Pajé Maracajá sugou, chamou a cobra preta, mascou folha de umburana, o braço do jovem só piorava. A febre chegou, o delírio, o frio.

Eram três companheiros que circulavam entre as fazendas e as aldeias. Trocavam qualquer coisa: pentes de osso, espelhos, facas, machados, miçanga, arcos, pás, cordas, e até paus e pedras. Viajavam pelos lugares mais remotos, iam e vinham em meio a batalhas, amigos e inimigos. Seguiam seu comércio sem se importar com quem ameaçava quem. Traziam notícias, negociavam trocas de escravos e prisioneiros. Escapavam das leis da guerra.

No pé do Morro da Caronha vivia João Fragoso. Sertanejo bruto que há muito tinha esquecido os costumes dos seus. Amigado com uma das netas de Tibiriçá vivia naquele ermo há décadas, ninguém sabia direito desde quando. O que se sabia era que ele coabitava com a mulher e as filhas. Tinha um harém que produzia meninos para o serviço e meninas para seu deleite. Sua casa era defendida por muitas mãos brutas como o patriarca. Quando os tamoios destruíram seu pequeno paraíso, nem acordou. Dormia nos braços de suas crias e assim foi encontrar seus ancestrais.

Na vila de São Paulo, os meninos, proibidos de seguir os costumes dos seus, cortavam o cabelo, vestiam roupas de linho e seguiam para a escola onde aprendiam a rezar e a temer um Deus de outras terras, de outras vidas que não as suas. Um Deus que ignorava seus anseios atávicos por espaços, ares, sangue e sexo. Entristecidos enfrentavam o catecismo como quem descobre sua própria sombra. Murchavam, tornavam-se pálidos e comportados. Desindianisavam-se.

Os vinte homens, mulheres e crianças permaneciam de cabeça baixa, os pés e mãos atados. Tinham sido avás, cunhãs e piás livres. Viviam em suas aldeias entre parentes e amigos. Agora, eram escravos. Humilhados, seguiam o caminho de muitos. Iam para o leilão como mercadoria. Não eram mais avás, não eram mais gentes, eram pás, enxadas, burros de carga, eram miséria.

Atrás do morro, a Lua espera sua hora para ganhar o céu. A mata era sombra, os grilos diziam pri e a saparia cantava alegre. Unidos pela força de seu amor, Aimberê e Iguaçu se enlaçavam na beira da praia enquanto o mar cantava o ritmo do seu vai e vem. O sangue circulava de um para outro com a força da linhagem tupinambá. O mundo explodia de alegria, a noite se iluminava. Jaci veio comemorar com eles.

Perdido pela mata o garoto tentava encontrar alguma referência que lhe indicasse o caminho do seu mundo. O grupo com quem viajava havia sido atacado quando acampava à beira de um riacho distante cinco dias de viagem da última fazenda conhecida. Salvara-se apenas porque estava no mato fazendo suas necessidades quando o ataque começou. Correu para longe sem direção. Agora vagava pela mata desconhecida, não comia há dias. Temia mais que tudo encontrar mais selvagens inimigos. Bebia água dos riachos, mas tinha medo de comer qualquer coisa. Seguia apenas, sem rumo.

Uma onda vigorosa levanta o arco da madrugada e eu retomo minha vigília. Devo contar tudo. O que é bonito, o que arrepia e o que oprime. São feitos que não podem ser julgados pelos padrões de outras gentes, outras eras. São atos de combate, de revolta, de aflição, agonia e esperança.

As atrocidades da guerra soam ainda mais cruéis quando contadas a frio, no calor da fogueira, na tranquilidade da oca.

Não há como comunicar a sensação de força e poder que nasce da batalha, de se estar no limite entre a vida e a morte, de se perceber vivo diante do oponente destroçado. A ira.

Estas palavras são flechas...

Cunhambebe foi eleito chefe geral pelo mongaba, mas o líder nas batalhas era mesmo Aimberê. Antes do conselho era cada um por si, as tribos não se reuniam, lutavam separadas, vingando seus mortos e cativos em pequenas escaramuças, invadiam os aldeamentos mais desprotegidos e matavam os que podiam. Às vezes cercavam um grupo em viagem, ou uma expedição de caça.

Cunhambebe foi quem percebeu que assim morreriam todos. Ele convidou seus parentes, amigos e até velhos inimigos para se juntarem, por isso virou chefe. Mas Aimberê tinha a fúria da desforra no sangue.

Aimberê queria mais, queria expulsar os perós. Matar a todos. Vingar seu pai morto no tronco. Por ter sido escravizado, era quem mais entendia que não haveria paz enquanto não limpassem a terra desta mácula barbuda.

Aimberê seguia de aldeia em aldeia recrutando bravos para seus ataques. Passava mais tempo na mata lutando do que em sua oca. Não tinha descansar.

Depois, não precisava mais ir atrás de guerreiros. Levas de homens vinham se juntar ao seu grupo, onde quer que fosse. Os jovens queriam mostrar seu valor, os mais velhos queriam acabar de vez com essa maldição.

Caminhar pela mata, invisíveis. Sumir e reaparecer inesperadamente em qualquer lugar. Destruir, matar, apagar os vestígios da colonização.

Desaparecer como se fosse o vento, o gavião cauré que voa livre, num rasante surgir implacável e depois tornar a sumir na brenha escura.

Os perós não os seguiam pelos emaranhados verdes sem trilhas, sem visão. E se ousassem entrar pelos ermos eram trucidados por guerreiros acostumados à camuflagem e ao silêncio da caça. As gentes se misturavam com as plantas e bichos e se tornavam parte da paisagem.

Já os perós eram duros, pisavam forte, faziam barulho, tinham o cheiro de sua comida estranha e de suas roupas suadas, eram fáceis de localizar.

O jenipapo triturado forma uma tinta negra que entra na pele tornando-se parte do próprio guerreiro. Com dedos acostumados vou riscando meu marco de guerra, meu corpo de monstro-fera. A encarnação do pássaro matador disparando pelo ar em busca da presa.

Com a destreza do gavião vou riscando meu sonho-memória.

Avatar de nosso tamoin, rapsodo de uma epopeia calamitosa.

Ainda agora, sinto a distância.

Lembro do olhar surpreso, diante da arma que julgava amiga. Vejo Jagoanharo mortalmente ferido, contemplo o horizonte e me perco.

Uma guerra sem quartel, nem direção. Meus olhos vagueiam entre o passado e o presente, o vivo e o... eu ia dizer morto. Nunca!

Ainda hoje é. Não se deixar abater. Estas palavras são flechas.

Mais uma vez erguer-se e atirar.

Quatro grandes chefes tinham sido: Tibiriçá, o líder dos Guaianazes que tinha se passado para o lado dos perós e era o maior aliado dos padres do colégio; no litoral, Piquerobi, um valente guerreiro, mas agora, acomodado em Enguaguaçu, amigado com Brás Cubas e sua gente; apenas Araraí e Caiubí, que, mesmo atraídos pelos estrangeiros como os seus dois irmãos convertidos, decidiram se juntar ao conselho tamoio e fazer guerra ao invasor.

Araraí tinha coabitado com os recém-chegados, mas a forma como viviam, como se comportavam com os seus parentes e mesmo com os contrários, sua crueldade e deslealdade, não combinavam com seu espírito livre. Voltou para sua aldeia em Camanducaia, mais para o interior, e tinha se tornado um inimigo aguerrido e valente a dificultar a vida dos recém-chegados.

Jagoanharo, filho de Araraí, era a fúria em forma de gente. Parecia querer provar que não era traidor como os tios.

Ainda quase um garoto. Forte, mas baixo. Muito rápido. Não tinha quem o acompanhasse quando corria na mata. Em paz, nas festas e cauinadas era quase tímido. Criatura mais mansa não se encontraria. Amigo sossegado, dado a gracejos e ditos espirituosos como só os da terra sabem fazer. Tudo era contraste com o bravo gigante em que se transformava quando começava o ataque.

Os inimigos fugiam dele aterrorizados por sua sanha matadora.

As tribos tupiniquins do planalto e do litoral mais ao sul eram velhas inimigas dos tupinambás, que agora lideravam a revolta. Mas o antigo oponente se tornara um dos principais líderes da aliança, amigo próximo de Aimberê. Cumplicidade total e uma força de ataque vinda do interior, cercando Piratininga.

A canção de Jagoanharo.

Sonhei com meu avô.

Tamoin me dizia para sair atrás do jaguar, o totem de nossa família. A ele eu devia entregar minha alma para voltar sagrado como guerreiro na tribo. Deixar de ser criança e virar um valente.

Saí da aldeia de madrugadinha, corri mato, subi, desci montanha. Era preciso encontrar rastro.

Semanas se passaram antes que eu visse a trilha do cateto fugindo. A perseguição deve ter sido longa, os sinais avisavam que o felino era persistente e feroz.

Uma tensão fina percorrendo a superfície do corpo, um arrepio nascendo na base do crânio. Enfrentar o jaguar era como olhar a morte de frente. Não bastava matar, o avô tinha sido claro: lutar corpo-a-corpo. Vencer em combate de gente com gente.

Dominar o medo. Descobrir a coragem.

Avistei o jaguar quase ao mesmo tempo em que ele me pressentiu. Encarar, afrontar. Eu sou o jaguarum, o herdeiro de meu pai, o sangue de meu avô, Jagoanharo!

Esperei o bote com apenas uma adaga na mão e a força de meus mamaé pregada na pintura de meu corpo. O bicho se aproximava cauteloso. Ele já sabia que apenas um de nós iria sair vivo dali.

Ataque, as unhas cravadas em minhas costas, a força de Tamakavi, o abraço do tamanduá. Se ele conseguisse aproximar a mandíbula de meu pescoço não haveria saída. Enquanto ele procurava uma forma de me dominar, um movimento rápido com a adaga abriu-lhe o peito.

De lá, saiu minha mão com o coração de meu ancestral. Abocanhei ainda quente, enquanto pedia a ele que me presenteasse com sua força, que me transformasse em bravo.

Uma fazenda fortificada à beira do rio Juqueri, que servia de descanso para as expedições de João Ramalho quando este saía de sua aldeia no topo da serra e adentrava os sertões em busca de mais cabeças de gentios para seu comércio.

Era lá o ataque previsto.

Cauré me empresta suas asas para que eu possa me aproximar. Testemunho.

O cheiro da mata por aquelas bandas é diferente. Ali não sopra mais nem lembrança da brisa marinha. O ar úmido fica um pouco menos salgado.

A vida dentro da mata revela que não há um lugar igual a outro, um verde que seja imitado adiante, um cheiro, uma vista de vale que coincida com a anterior. É como olhar para o mar, nunca uma repetição de tom, nunca uma mesma paisagem.

Seguindo no rumo de Camanducaia a cor do mato muda um pouco, mas este permanece cerrado e variado por muito tempo de viagem ainda depois da aldeia de Araraí. Toda a região é coberta por essa vegetação rica. Quem viaja de um lado para o outro permanece amoitado desde que não faça fogo e não cause alarido.

Os perós sempre podem ser localizados pelo barulho de seus animais, pelos cortes que fazem de árvores e plantas em geral. Depois que passam, deixam sempre um rastro de destruição. Quando utilizam os carros puxados por bois então, deixam sinais claros de sua passagem, os dois sulcos inconfundíveis.

Os da terra não precisavam de caminhos para transportar carros de boi, nem cargas de baús, ou cavalos. Acostumados aos caminhos instáveis da mataria, seus ataques apareciam de todos os lados surpreendendo as defesas. O segredo do sucesso de uma guerra feita contra inimigos armados de pau-de-fogo e que construía verdadeiras fortalezas se comparadas com as tabas dos locais.

Recuo em meu voo e baixo sobre o vale.

Na escuridão da noite, sob as estrelas, a luz da lua não seria necessária para perceber que Jagoanharo e seu grupo não tinham deixado pedra sobre pedra. Restos de fogueiras queimavam o pouco que sobrou. A área de chão batido poderia estar pronta para a construção de uma nova aldeia. Quase não há sinais dos utensílios usados pelos perós.

Os vencedores comemoram. Há cauim e assados. A maioria já se encontra embriagada e cantam, ou contam suas histórias de combate.

A batalha que tinham vencido repetia muitas das outras já travadas. A fazenda tinha sido cercada durante a noite.

Manhã, gritaria, o ataque despertou a todos, mas os homens de guarda já estavam mortos.

A confusão, o medo, a correria não eram suficientes para impedir que um grupo decidido de guerreiros destruísse tudo e todos que encontrassem pela frente. O fogo fazia o serviço final. Jagoanharo, destemido, entrara sozinho na oca grande e enfrentara cinco perós, sendo que dois estavam armados com o pau-de-fogo. Nenhum sobreviveu.

De um lado, o barro das paredes derrubadas formava uma montanha em miniatura sobre a qual brincavam alguns piás saídos sabe-se lá de onde, a algazarra deles se misturando ao crepitar do fogo e ao murmúrio da festa.

Travessas e vigas que mãos vigorosas cortaram e trabalharam agora serviam de lenha. Pilão, panela, panos, palha, tudo era combustível.

Os vitoriosos rememoram histórias, comem as caças assadas nas fogueiras restantes, bebem o cauim da comemoração, cantam, dançam.

Em um pequeno círculo destacado dos outros, os poucos prisioneiros amarrados fazem ainda cara de valentes e gestos desafiadores para mostrar que não têm medo de seu destino.

Um peró e sua família moravam ali, cercados por homens de armas, gentios e mestiços. Um grupo grande de mulheres e crianças das tribos amigas dos perós se reunia em torno da sede. Plantavam, construíam, se amavam...

Não mais.

Palavras são flechas. Mortais.

Com minha boca aberta aguardo na lama. Jacaré, me faço, réptil inspeciono.

Neste mangue velo, dentes e couro. Meu corpo misturado ao lodo, indiferenciado. Sigo perene, a criatura que nasce do barro e nele permanece.

O mundo não me vê. Pensa que sou terra inerte, inútil, indefeso.

Equívoco mortal.

Minhas poderosas mandíbulas se fecharão sobre a presa. Então, será tarde para descobrir o engano.

Meus oponentes triturados por presas tenazes.

Predador.

A morte comigo espera.

Desejo de atacar, destruir, invadir o colégio dos padres.

Espera. Fechar o cerco sobre Piratininga nas chuvas era derrota na certa, puro desgaste.

O colégio isolado no alto do morro sobre o Piratininga. A escolha do local para a construção da pequena vila tinha sido estratégica. Coisa desses padres soldados. Era impossível se aproximar dela sem ser visto, já que a elevação ficava no centro de uma grande várzea, cercada por um lado pelo Anhembi, pelo Tamanduateí e pelo Piratininga e pelo outro pelo córrego do Anhangabaú. Qualquer expedição seria vista dias antes de chegar perto o suficiente para um ataque. Nessa época de chuvas correria o risco de ficar ilhada pelas enchentes, ou teria que se aproximar de barco.

Continuar os pequenos ataques aos grupos isolados e distantes, semear o medo, diminuir as defesas, cortar os suprimentos era o que deviam fazer por ora.

Aimberê pedia paciência, que viessem todos até a aldeia que tinha construído na beira do Paraibuna para juntar os guerreiros. Dali, descendo até Iperoig, aldeia de Coaquira, aliado importante, podiam acometer as posições do inimigo no litoral. Ou podiam descer o vale do Anhembi diretamente para as aldeias dos padres e de João Ramalho. Assim que passasse a estação das águas estariam preparados para a investida definitiva.

Palavras, flechas mortais.

Atiradas nesta areia de praia, recontam o que aprendi.

Me ensinam a retomar a vida diante da derrocada, do vazio...

Me levam de volta à mata, ao calor das batalhas, às caçadas, a Jagonharo, Aimberê, Coaquira... Outra vez mais próximo de você, de mim mesmo, de quem sempre fomos.

Me levam à beira do Paraibuna...

Embaladas pela cantilena do tamoin, transformam sonhos em lembranças, lembranças em vida. Aqui.

A aldeia de guerra de Aimberê, à beira do Paraibuna, abre-se diante meus olhos, vistosa.

Não era como as aldeias comuns. Havia muito poucas mulheres e praticamente nenhum velho ou criança. Ali se encontravam centenas de homens, prontos para a guerra. Cada grupo com suas pinturas próprias, com seus costumes, aparência, armas.

Novidade!

Todos os dias os guerreiros não deixavam de se admirar e de trocar impressões sobre seus diferentes hábitos.

De fora, ouvindo ou contando a história, assistindo à primeira grande revolta contra o invasor, pode passar desapercebido o fato de que eram tantas gentes distintas os que se juntavam para a insurreição.

Também nós quando pensávamos nos gentios, tínhamos uma noção errônea de que eles eram um povo único, um agrupamento homogêneo de costumes comuns.

Medimos seus hábitos pelo que têm de diferente do mundo do lado de cá.

Andar nus, ter os lábios furados, a pele pintada, a cabeça e a cintura adornadas com penas coloridas, carregar arcos, viver em cabanas sem divisões, não ter vergonha do sexo, acreditar nos espíritos da mata, cabelos negros lisos, pele morena, comer beiju, caçar, dançar em círculo...

A lista de coisas estranhas compartilhadas por eles faz com que os vejamos como um só povo: os *indígenas*, os *bugres*, os *selvagens*.

Não foi essa a experiência na grande aliança.

O que presenciamos foi a variedade de culturas e tradições. Cada grupo se distinguia do outro e, mesmo já se conhecendo há muito tempo, a convivência mais próxima aguçava a curiosidade.

Araçoiaba ensinava Tuibí a fazer cocares à maneira tupi, Poroba mostrava a um grupo de carijós como trançar uma rede de fibras, um grupo de goitacazes experimentava suas bordunas em uma moita de arbustos que fazia o papel de inimigos enquanto os guaianazes riam de seus métodos um tanto brutais. Guerreiros de diferentes tribos trocavam técnicas para fabricação de arcos e flechas.

O acampamento era também uma grande escola de guerra.

Os músculos retesados. Respiração ofegante. O pó levantado. Gritos, torcida, gracejos. A corrida tinha começado na beira do rio onde as toras tinham sido deixadas para que encharcadas pesassem mais. Os homens se revezavam levando a carga sobre os ombros e correndo.

Era uma tradição dos tapuias.

A maioria dos guerreiros tupis não quis participar, ou por desprezo pelo costume selvagem, ou por medo de perder e ser ridicularizado pelos companheiros.

Coaquira e seu grupo de amigos mais próximos toparam a parada e agora mostravam porque tinham o respeito de todos. Apesar de ser sua primeira vez, estavam ganhando a disputa com larga vantagem.

Dois dias antes, Taiguar conduzira os guerreiros na expedição até uma parte da mata onde crescia uma quantidade grande de palmeiras para escolher as árvores que seriam utilizadas na corrida. A ideia de uma corrida de toras tinha partido dele e por isso todos o seguiam. Escolhidas as quatro mais grossas, começaram o corte. Depois, os troncos foram arrastados pela mata sobre trançados feitos com as folhas e levados até a beira do rio onde permaneceram por dois dias mergulhados, para que inchados de água pesassem ainda mais.

Os grupos, organizados pelas diferentes nações e aldeias, eram formados por uma quantidade de aproximadamente dez homens, alguns com mais, outros com menos. Retiraram as toras da água e esperaram que Taiguar desse o sinal para o início da competição. O grupo dos tapuias da serra, chefiados por Araketu, começou na frente, acostumados que estavam a carregar a tora juntos. Coaquira e seus homens apanharam um pouco para pegar o jeito, mas logo estavam correndo ao lado dos líderes e tomando a dianteira.

Ao redor, a gritaria da torcida formada por aqueles que não tinham entrado na prova. Alguns comemoravam a vantagem dos tupis, outros faziam comentários jocosos, gargalhando abertamente quando algum deles tropeçava ameaçando o equilíbrio de todos.

Quando seu grupo passou os limites da aldeia e entrou na ocara, Itauã, animado, largou a tora e começou a dar cambalhotas, seguido por mais dois companheiros. Vários deles começaram a comemorar e a tora começou a adernar. O primeiro a perceber que iam derrubar a carga foi o próprio Itauã que completou uma pirueta colocando-se debaixo do tronco e empurrando com força. As atenções se voltaram para a tarefa e o grupo chegou ao final com um grande alarido, gritos de vitória e alegria.

Nem sempre o tamoin nos levava para os caminhos da guerra, da morte, do desespero. Havia também a alegria, a vida, os risos fáceis, os rostos francos, olhares doces, abertos.

A alegria genuína de ganhar uma corrida de toras, ou um jogo de luta. Sentar em torno da fogueira e contar piadas, histórias fantasiosas, rememorar batalhas ganhas...

Com algumas fibras retorcidas se produzia um aro de um palmo de diâmetro. O anel rodando pelo terreiro parecia mesmo um bicho correndo rasteiro.

O arqueiro que conseguisse primeiro atravessar o círculo central e fincar sua flecha na terra batida, paralisando o movimento da roda era comemorado e tinha o direito de atirá-la novamente para que outros disputassem a honra. Nessa brincadeira Catuiti era imbatível. Flecha certeira, arco ligeiro. Não era à toa que quando se precisava de alguém para caçar pássaros pequenos e rápidos, ou para os tiros difíceis nas batalhas era ele sempre o escolhido. Depois de acertar algumas vezes ele se afasta e fica apenas observando enquanto os outros seguem correndo atrás do anel de palha.

A arte da caça.

Preparo de guerreiros, orgulho de macho, essencial para a alimentação.

O grupo se pôs a caminho. Ficou decidido que tomariam o rumo da Mantiqueira, buscando áreas menos exploradas pelo grande número de caçadores que varriam as bordas da descida para o mar.

Procurar alimento pelo outro lado do Paraíba atravessado em pequenas ygaras.

Chegados ao pé da serra, começam uma grande operação de caça. Havia catetos, antas, veados; pássaros diversos para comida e provisão de penas para os enfeites e as armas. Iriam voltar com os cestos cheios.

Jagoanharo encontrou sinal da suçuarana e desviaram de seu objetivo entrando mais fundo naquela mata diferente, subindo morros mais altos.

A serra da Mantiqueira era mais elevada, mais fria, menos cerrada. Era cheia de árvores diferentes, a mais impressionante a curiúva com seus galhos laterais balançando lá em cima no céu e seus pinhões comestíveis.

Do alto das montanhas que se estendem para o poente podia-se ver um enorme plano de mata cercando o grande rio Paraíba. Dali seria possível fazer um mapa dos acampamentos e fazendas de toda a região apenas marcando os pontos de fumaça. Entre eles, a taba onde se reuniam as forças dos tamoios.

Tinham andado uma manhã inteira quando em seu caminho encontraram o aígue preguiçando em uma figueira, próximo ao caminho, como se exibindo para os visitantes. Pararam para descansar um pouco enquanto riam dos movimentos lentos do preguiça. Ninguém mataria o bicho que pendia do galho despreocupado, comê-lo significaria herdar sua lerdeza.

Nos dias seguintes, sempre que faziam uma pausa, Jagoanharo trepava em alguma árvore por perto e punha-se a imitar o aígue, balançando devagar e se exibindo. Todos se divertiam, rindo ao ponto de rolar no chão. Eram momentos de descontração em uma época de tristezas e tensão.

Jagoanharo cativava primeiro pelo riso, mas era antes de tudo um exemplo da bravura e destreza necessárias para a vida de caça e guerra.

No momento em que se iniciou o cerco ao jaguar, o divertido companheiro se transformou em um competente caçador, atento e hábil. Seu ouvido colado ao solo captando sons que nenhum outro alcançava, seus olhos adivinhando rastros, seu olfato de cão do mato eram um espetáculo à parte. Seus movimentos ágeis, suaves e silenciosos pareciam uma dança de guerra. Todos seguiam suas indicações, pois sabiam que ele já enfrentara a onça antes.

Daí vinha seu epiteto, era o "cão feroz" que cercara o jaguar e o vencera em luta de iguais.

A fera se revelou em uma capoeira fechada. Estava sobre uma árvore, provavelmente dormindo depois de almoçar a paca cujos restos foram avistados minutos antes. Uma grande suçuarana, majestosa, temível.

Um cerco distante para que o predador esperto não percebesse cheiro nem ruído. A onça parecia se inquietar e redobrar a guarda.

Jagoanharo se aproxima contra o vento para não ser denunciado. Espera um bom tempo que o animal se coloque em uma posição que lhe permita o tiro perfeito.

A flecha carece penetrar fundo no peito ou na cabeça.

Um erro, e o animal contra-atacaria. Então teria que lutar corpo-a-corpo, má ideia.

Uma só oportunidade. Silêncio, tensão.

Um tiê passou riscando de vermelho o ar e o felino levantou a cabeça atento. O gesto deixou o peitoral a vista e o caçador não perdeu o momento. Um tiro certeiro fez desabar ao chão o animal que ainda tentou reagir, mas seu algoz já se encontrava sobre seu corpo e com um golpe certeiro de sua adaga furou o pescoço atingindo o centro da cabeça.

Um grito de triunfo cruzou os ares. O poder do matador de jaguares aumentado. A admiração de todos que assistiram a cena. A coragem. A habilidade.

Palavras certeiras.

Antes de ir para a guerra é preciso se preparar.

Riscos retos alongam as coxas e os antebraços, enquanto pontas de flechas fecham o peito aos ataques inimigos. O rosto transformado em bico do gavião. O olhar afunilado, o ataque mortífero.

Cada nação pinta seus corpos de uma forma diferente e isso cria uma impressão de variedade e abundância.

Urucum, jenipapo, vermelho e negro. Cores do sangue e da coragem, proteção contra os espíritos nefastos e contra os feitiços do inimigo, construção de um guarini atrevido e letal.

Cada guerreiro cresce dentro de sua capa ritual, transformado em força natural capaz de arrasar montanhas, incendiar matas, arrancar raízes, derrubar muralhas e calar o trovão do pau de fogo.

Ataque a M'boissucanga, reduto mais ao norte dos homens de Brás Cubas no litoral.

Aimberê, Coaquira e Cunhambebe chegam por mar, vindos de Iperoig em um grupo numeroso de ygaras, já que os que moravam no litoral tinham facilidade para vencer grandes distâncias assim. Nós iríamos com Jagoanharo que chegaria com mais guerreiros pela serra, descendo o curso do rio desde o planalto. Dessa forma iríamos cercar a aldeia isolada entre a serra e o mar.

O canto do tamoin vai me enchendo o espírito, eu danço ao som do maracá e respiro a fumaça da fogueira. A fronteira, o riso, o choro... O oco surdo da minha alma abre espaço para mais uma viagem, driblo medo. Ultrapasso...

O canto do outro, sumaram, Guapiruvi.

Eu, mim, Guapiruvi meu nome. O guerreiro tupiniquim, cacique da aldeia de M'boissucanga. Sinto minha raiva, minha surpresa, minha agilidade e força. Me atiro à guerra.

Meus braços se abrem e o urro sai dominando a ocara. A aldeia está sendo atacada por todos os lados. Os guerreiros se unem a mim. Hora de bravura, o vento em sua subida para a serra assobia nos nossos ouvidos, o verde do paredão de pedra se tinge de vermelho. Matar.

Guapiruvi, grande e firme como o pau de fazer ygara. Sou eu. Sobrinho do grande chefe Piquerobi. Os inimigos tremem, os inimigos temem. Peço aos meus ancestrais a força para vencer. Ataco.

A guerra veio até nós, a tão esperada, desejada. Na madrugada, sentia a tranquilidade dos grilos cantando com uma ansiedade. Sabia que hoje alguma coisa especial aconteceria. Dos sonhos confusos uma sensação de convulsão tinha sobrado. Meu espírito lutava já contra a calma da antemanhã, como agora luta contra a destruição de meu mundo.

O primeiro inimigo cai com a bordoada, é atropelado. Minha lança começa a abrir caminho, músculos retesados, respiração presa. Sou músculos de aço, sou força que arrebata, destrói. Bravo guerreiro. À minha volta o tumulto tinge o dia.

Como um bloco, vamos fazendo um círculo cada vez maior, tentando limpar o pátio da aldeia de inimigos e juntar os nossos. Vejo corpos, caras, músculos tensos, pinturas, flechas, penas. Um rasgo de céu, uma cobertura de sapé, dois inimigos mortos, minha oca atacada. Onde May, minha companheira? Onde os piás?

Diante de mim surge Jagoanharo, o matador, meu parente. Nos defrontamos. Uso meu tamanho, intimido, me atiro sobre ele. Seus saltos rápidos me desconcertam, perdi o golpe, perdi o pé. O mundo gira à nossa volta, a guerra ao nosso redor converge para nossos movimentos. Um instante de suspense. Então sua lança abre meu peito de onde jorra meu sangue, minha vida, minha memória.

Toda a vida vivida na Buriquioca. Lá na aldeia que os perós decidiram transformar em fortaleza para defender a entrada da barra que leva a São Vicente. Participei da construção do forte, ali cacei, dancei e casei.

Depois, quando os chefes dos perós acharam melhor ocupar uma aldeia dos tupinambás mais ao norte que tinha sido destruída para manter um posto de vigia e defesa mais avançado, me ofereci para ir com a minha família e me tornei chefe em M'boissucanga.

Eu tinha participado do ataque que destruiu o agrupamento inimigo. Era uma expedição de vingança depois que eles haviam aproveitado um descuido nas defesas de Bertioga e tinham roubado um grupo de nossas mulheres que lavavam roupa na beira do rio.

Mas nosso assalto não foi feito à maneira da terra. Um pequeno grupo de perós tinha liderado a ofensiva com suas armas trovão. Ao final, tinham posto fogo nas ocas e carregado os que sobraram para se tornarem escravos nas aldeias mais ao Sul.

Não pude mais esquecer aquela beira de rio, aquele mar azul e a praia cercada de altas montanhas. Para qualquer um poderia parecer apenas mais uma praia em uma terra cheia delas, mas para mim aquela era minha verdadeira casa, o lugar de onde tinha vindo e para onde precisava voltar. Em um sonho tinha me visto saindo das águas do rio para fincar minha lança naquela areia.

Por isso, me ofereci para viver aqui. Sabia que seria perigoso, mas era um chamado, um canto de Iara, não podia evitar nem desobedecer.

May, minha esposa, não queria vir. Disse que sonhara com pássaros pretos cobrindo o céu à nossa volta e que tinha certeza de que M'boissucanga significaria nossa destruição.

Depois, acostumou-se com a vida tranquila que levávamos aqui na beira do rio. Acordar cedo vendo os biguás mergulhando para pescar na água azul profunda do mar. Este mar que quebra forte na praia de tombo, mas que fica tranquilo para além da rebentação.

Daqui, vemos as montanhas mais ao sul, onde vivem nossos parentes.

Com nossas ygaras, seguimos do rio para o mar em busca de peixes que cercamos em nossas redes e caiçaras, armadilhas entrelaçadas das quais os peixes não podem escapar, assim como nós de nosso destino.

As mulheres passam o dia nas plantações de mandioca, ou na aldeia com seus potes, suas cozinhas e seus piás. O rio permite refrescar quantas vezes for necessário neste calor imenso.

A vida corre mansa, a guerra parece longe. Rumores vindos do planalto. Histórias para assustar curumins...

O destino de Guapiruvi, qualquer que fosse, seria na margem deste rio. O meu destino tingido pela cachoeira de sangue aberta em meu peito pelo meu primo, o jaguar. Adeus, May, adeus meus filhos, adeus meu chão.

Enfrentávamos a todos, perós, tupiniquins, senhores e escravos, enfrentávamos a nós mesmos, outros gentios encurralados naquela guerra de fim-de-mundo. Daquela disputa só sairiam vivos os futuros donos da terra. Desventura. Olho à minha volta e o que vejo são as mesmas armadilhas, os mesmos dilemas. Como desenredar essa trama que nos envolve? Por que caminho voltar a nos tornar um, como já fomos um dia? Somos peixes no covo? Incapazes de escapar desse destino terrível? Debatendo-nos inutilmente? Matando uns aos outros, enquanto a destruição de nosso mundo segue em frente, inexorável?

Aquilo devia ser um fêmur. Abocanhei ávido, embalado pelo calor da batalha vencida, pelo cauim, pelo furor de nossa guerra santa. Comer os valentes abatidos na luta homem a homem, em que a bravura de cada um contava mais do que a estratégia, as armas e a sorte.

Você comia um pé. Estranhávamos? Já, não.

Assim comemorávamos a vitória, assim reuníamos a força para o grande ataque, assim nos alimentávamos do sangue tupi, tornávamo-nos verdadeiros guerreiros tamoios.

Exceto que eu talvez tivesse comido uma perna de peró. Dividido que sempre permaneci entre mundos.

Você não; era o herói mítico completo. Se amalgamava, entrelaçava, convivia, comungava.

Comer nossos inimigos nos dava a certeza de ter a força de suas vidas vividas correndo em nossas veias. Seu espírito, nosso espírito, unidos para vencer o mal maior, para vencer a grande batalha final.

No alto Anhembi, Aimberê reuniu suas legiões.

Hora de invadir Piratininga.

O golpe fatal.

Varridas as posições dos perós no planalto, era cercar a vila de São Vicente e expulsar de vez o invasor.

Chega de espera, chega de pequenos assaltos.

Demasiados. Os tamoios sobravam, ultrapassavam em muito as defesas das vilas. O terror crescia entre os moradores de Piratininga e do litoral.

Rio das Cobras, M'boijy. Reunidos os guerreiros em um grande acampamento provisório, camuflado pela mata cerrada, no terreno próximo ao rio.

Primeiro caçar. Comer bem. Descansar. Repor as forças para a batalha. Os homens prontos para a grande ofensiva.

Aimberê mal podia conter sua ansiedade.

Final de tarde bonito. O céu vermelho anuncia as mortes que viriam a seguir.

O grande morubixaba reunido com Cunhambebe, Jagoanharo, Coaquira, Taiguar e os outros chefes para traçar uma estratégia de cerco. Primeiro, tomar o colégio dos padres no alto do Piratininga. Depois, seguir para a vila de João Ramalho na beira da serra.

Jagoanharo toma a palavra.

— Vou na frente. Falo com meu tio Tibiriçá. Ele muda de lado.

O velho cacique do lado dos tamoios nem haveria luta.

— Ele mesmo toma a vila com seus homens, mata os perós e solta os escravos.

Coaquira teme que, avisado, Tibiriçá os traia. Que dê o alarme. Então, a defesa mais atenta.

— Surpresa é essencial para a vitória. Avisados, poucos homens podem rechaçar qualquer ofensiva.

A vila, no alto do morro, tinha posição privilegiada para resistir aos ataques.

A chegada de Caiubi interrompeu o debate.

Esbaforido, ele vinha correndo e gritando por Aimberê.

Notícias chegadas de São Vicente. Trazidas por parentes que tinham fugido na noite anterior para se juntar ao grupo de ataque.

— Dizem que ygaraçu partiu em direção ao Norte. Seu destino, a baía da Guanabara. Sentindo-se acuados, os portugueses decidiram revidar. Atacar a aldeia de Uruçumirim, terra de Aimberê.

Os perós queriam aproveitar que a aldeia estaria mal protegida. Ouviram contar que os guerreiros estavam todos concentrados no vale do Paraíba. Queriam desferir um golpe direto no líder da revolta dos gentios, atingindo sua casa e sua família.

Aimberê desistiu da ofensiva. Partiu com um grupo grande de homens em disparada. Tentar chegar à Guanabara antes do inimigo.

Carreira louca e angustiante.

Dias atravessando a mata como flechas atiradas em busca da caça. Pausas eram feitas apenas quando não seria mais possível seguir em pé. Comia-se em plena marcha. Em vez de caminhar, os homens trotavam em um passo rápido que era quase corrida.

As trilhas da beira do Paraíba passam rápidas por meu campo de visão. Embaúbas, ipês, andiras. Morros, várzeas, mangues. Catetos, tiês, micuras. Passamos por tudo sem nos deter. Aqui e ali alguém caça uma presa fácil, colhe uma fruta e segue em frente. Os grupos se separam e se juntam conforme vão seguindo na direção das águas do grande rio.

Quando atingimos a orla da serra, Aimberê tenta enxergar o que está se passando no litoral. Montado em uma grande pedra, pesquisa o horizonte em busca de barcos do inimigo. Vemos a fumaça que sobe da aldeia. Nosso líder se atira em uma descida desesperada. O coração salta pela boca, os músculos tensos denunciam a verdade intuída.

Dia comum na aldeia ao pé do morro da Carioca.

Mulheres sentadas à frente das casas aproveitavam a brisa marinha enquanto trançavam cestos e falavam um pouco de tudo.

Parabuçu deixou a aldeia pela manhã com meia dúzia de homens entre os não tão velhos e não tão jovens. Seguiam o rastro do tapir. Eram esperados para o final da tarde.

Pindobuçu, não foi à caça.

Tinha sonhado com catetos e ficara com um pressentimento ruim. Quando Iguaçu, sua filha, quis ir até o rio apanhar taboa para fazer trança, pediu que Comorim a acompanhasse.

— Não quero ver ninguém sozinho, desprotegido.

Começo da tarde. Brisa virou. Um estranho silêncio como um prenúncio de tempestade. Só que o céu continuava azul.

Tupã parecia descansar em sua oca, esperando dia mais propício para vir soltar seus raios e trovões.

Quem primeiro percebeu que algo de errado iria acontecer foi Irani, a pequena dos olhos rasgados.

Depois de completar sua trança de folhas de palmeiras, foi até a beira da aldeia e examinou o mar. A baía parecia repousar sua sesta. Talvez fosse hora de um mergulho. Talvez chamar algumas de suas companheiras...

Porque os atobás estão tão agitados lá para a ponta da praia?

Tentou enxergar o que estava provocando aquele alvoroço, mas não pode perceber nada. Estava quase virando para voltar, sentiu, mais do que viu com o canto de olho, um estremecimento da mata baixa perto da areia.

O coração deu um salto. A brisa trouxe um cheiro diferente. Cheiro azedo.

Aquele não era odor de bicho do mato, muito menos de avaeté. Tinha algo de parecido com o fedor dos maíras que viviam na ilha de Serijipe e que de vez em quando vinham visitar a taba.

Só que seus vizinhos só apareciam quando convidados e assim mesmo mandavam aviso e faziam alarido para que todos soubessem que chegavam em paz.

Irani procurou Pindobuçu com o olhar. Localizou-o na frente de sua oca, tirando uma soneca. Correu até o velho morubixaba despertando-o com um sussurro.

— Tamoin! Tem gente estranha chegando. Acho que são perós escondidos na mata.

Pindobuçu saltou já alerta. Fez sinal para os poucos homens que estavam na aldeia.

Antes que pudessem organizar qualquer tipo de defesa, a tempestade caiu sobre eles. Um tiro de arcabuz substituiu Tupã. O velho guerreiro, com ar de alarme, ficou pendente no meio do movimento.

A morte quase instantânea de Pindobuçu provocou uma reação de paralisia em toda a tribo. Misto de surpresa e terror. Homens e mulheres não podiam crer no que estava acontecendo.

Antes que o sangue voltasse a circular em suas veias, o grupo inimigo já havia tomado posição dentro da taba e começado a destruição.

Os perós começavam as atrocidades comuns em seu estilo de guerrear. Matavam velhos e crianças, agarravam as mulheres obrigando-as a deitar-se ali mesmo na areia da ocara.

Só que desta vez eles pareciam ter um objetivo específico. Um grupo de maiores circulava com um escravo da terra à frente, pareciam procurar alguém. Arrancavam seus homens de cima das mulheres que eram examinadas pelo cativo, apenas para serem descartadas e juntadas a um grupo de prisioneiras que se formava a um canto.

Depois, enquanto tocavam fogo nas cabanas, começaram a interrogar os sobreviventes. De repente, um grupo saiu em direção ao rio.

Beira do rio.

Comorim atirava pedras na água enquanto esperava que Iguaçu saísse de dentro da moita de taboas.

Sentia-se infeliz.

Os homens estavam em guerra, podiam mostrar seu valor, matar inimigos e depois se gabar de seus feitos. Enquanto isso, ele ficava ali pajeando sua parenta.

Aimberê pediu a alguns deles que ficassem para trás. Queria manter a aldeia em segurança. Mas a vida na Guanabara não dava chance para mostrar seu valor. Eram dias de tédio e mormaço. Se pelo menos tivesse saído com o grupo de Parabuçu para caçar, mas o tamoin, Pindobuçu, com seus pressentimentos, tinha pedido que ficasse e protegesse Iguaçu.

Proteger de quê? Das garças que buscavam peixes na beira do rio? Dos siris que corriam pela areia?

Comorim retesou o corpo em alerta. Um ruído diferente na mata lhe chamou a atenção.

O que poderia produzir aqueles sons?

Certamente não era animal conhecido.

Antes que pudesse tomar qualquer medida de precaução, viu-se cercado por um grupo fortemente armado.

Iguaçu já tinha percebido o ataque, escondeu-se entre as folhas da taboa tentando se aproximar de Comorim sem denunciar sua presença. Inútil precaução. Os perós já tinham notado o movimento dos juncos quando ela estava ainda desavisada.

Comorim investiu contra o peró mais próximo atravessando-o com a lança. Enquanto este caía, atacou outro com sua faca de osso, cortando-lhe o pescoço. Já investia contra um terceiro quando a pontada quente lhe queimou o antebraço. O tiro atravessou o músculo, rasgando carne. Ainda assim, num arremesso atirou-se sobre o que parecia o líder, mas foi cercado e agarrado por vários homens. O capitão do mato então lhe rompeu o crânio com uma coronhada, seguida por várias investidas de espadas e adagas. Num último esforço o tamoio aprisionado tentou abocanhar o pescoço do homem mais próximo, mas um tiro abriu seu ventre derramando toda sua vida pela areia quente.

Assim, morreu bravamente o amigo de Aimberê.

Seguiu para o mundo dos mamaé contente por ter tido a oportunidade de provar seu valor. Preocupado apenas com Iguaçu que deixou ali desprotegida.

Iguaçu tentou fugir por entre a vegetação, mas foi cercada. Os homens saltaram sobre ela, com cuidado para não matar. A ordem era expressa. A esposa de Aimberê tinha que chegar viva a São Vicente. Aquele que a matasse pagaria no tronco sua imprudência.

No vazio que se forma, faltam as palavras.

A sensação de frio em minha barriga se transforma em medo. Por que sigo preso a este conto que me aterroriza? Por que não posso simplesmente entrar neste mar à minha frente, flutuar, dormir, esquecer...

Esquecer é o que nos fizeram. Deixar nossos irmãos dilacerados pelas armas dos invasores, apodrecendo na areia, virando comida de urubu. Sumindo no tempo, na história. É preciso retornar, recontar, reviver.

Caci, memórias que ferem.

Riscar palavras na areia.

Aimberê, meu irmão, porque foste fazer a guerra no planalto? Porque deixaste sua casa e sua família desprotegida? Porque te deixaste enganar pelo inimigo? A tristeza, a aflição, o arrependimento vão te perseguir. A raiva contra os perós vai te consumir ainda mais.

Iguaçu, a doce Iguaçu, das noites de lua e vento, sua amada foi levada pelos monstros inimigos. Ela e boa parte das mulheres da aldeia. Os homens eram poucos e foram mortos. Também as crianças, seus filhos, destroçados a golpe de espada. Pindobuçu jazia no meio da ocara com uma expressão indecifrável no rosto, misto de espanto e confirmação. Comorim tinha ficado na beira do rio, a cara na areia.

Desgraça.

Uma profunda tristeza se abateu sobre Aimberê quando constatou a destruição de sua taba. Chegamos à aldeia no final da tarde, quase na mesma hora em que os homens de Parabuçu voltavam da caça. O mesmo sentimento de falha e impotência tomou os amigos. Anaraí tinha sido levada junto com Iguaçu. Na aldeia restavam os corpos mutilados dos curumins e tamoins que tinham ficado para trás por não ter condições de enfrentar o inimigo. Várias mulheres, alguns homens. Carnificina.

Algumas mulheres e crianças que na hora do ataque estavam na roça choravam os parentes mortos. Os guerreiros se perguntavam se aquilo podia ser verdade.

As folhas rasteiras próximas à margem da cachoeira roçavam seu rosto. Os pássaros em algazarra queriam despertá-lo do transe, mas Aimberê seguia sua travessia. Viajava pela mata, visitava cada aldeia atacada, cada oca destruída. Conversou com os mamaé. Uma atmosfera sombria o seguia. A escuridão da gruta, o peso de antes da tempestade. Seu olho esquerdo acompanhava os movimentos de uma pixixica trabalhadeira, carregando sua folha por sobre raízes, galhos, lama, qualquer obstáculo. Seu olho direito perseguia a ygaraçu que carregava a luz de sua vida para longe. Era como se sua alma estivesse sendo arrastada de volta para o cativeiro. Preso ao efeito da infusão que tomara para ver, seguia em seu sonho-delírio. Buscava um caminho para sair da arapuca em que seu espírito se refugiara. Precisava de luz, de alguma brisa que trouxesse novamente o ar para seus pulmões, vida a ser perseguida.

Três guerreiros estavam postados no topo da montanha. Apontavam seus arcos para ele, impedindo que subisse. O caminho para a visão estava barrado. Seus avós, Ubiratã, Apuã e Cainara, não permitiriam que seguisse por ali. Seu destino era mais escuro, por baixo da montanha precisaria encontrar uma passagem.

Tomou o rumo da grota, seguindo os passos que Pindobuçu lhe mostrava, a trilha dos catetos. Sabia que por ali se dirigia ao caminho dos mortos. Antes de ver a luz novamente precisaria conhecer os horrores dos corpos mutilados, das dores interrompidas. Um tapete verde-musgo cobria as pedras que fechavam o caminho do céu. A escuridão convidava, densa, carregada. O silêncio dizia que o destino era cavernoso, defunto. Nem mais os sapos chamavam, eram só olhos assustados, assuntando as profundezas. Se aproximava o baixio.

Ali no fundo, mamaés, parentes e inimigos, choravam a guerra sem fim, o sofrimento ininterrupto dos inocentes. Quantos já tinham morrido? Quantos terminaram seus dias com sofrimento? Centenas, milhares. E não eram somente aqueles que tinham encontrado a morte por sua interferência direta. A multidão crescia à sua volta. Os rostos contorcidos. Os suplícios revelados de todas as gentes que haviam sofrido com a vinda da peste barbuda. Os que tinham sido massacrados em suas aldeias, os que tinham sido levados para as fazendas como escravos e ao se revoltarem foram mortos, os que tinham sido embarcados em ygaraçus e, desesperados, pularam nas águas desaparecendo.

Cada vida, cada alma se descortinou à sua frente. Seria possível a um homem só carregar tanta miséria, tanto lamento. O coração de Aimberê queria explodir dentro do peito. Soltar um último urro, se libertar de todo o peso, de estar vivo, de amar, de ser responsável pela esperança de um povo.

O caminho para a outra terra era longo. Era preciso atravessar as altas montanhas que ficavam pra lá de onde Kuaracy descansava. Os que iam por este rumo precisavam estar preparados, levar comida, armas, ferramentas de trabalho. Tudo isso era colocado junto com eles quando os enterrávamos. Aimberê primeiro encontrou os mamaé que não tinham podido se preparar. Os que morreram longe de casa não tiveram cantos, nem danças, não tiveram seus pertences enviados com eles. Esses parentes choravam muito e pediam ajuda para poderem encontrar o caminho dos montes. Sabiam que iriam ficar vagando por aí, sem direção, sem descanso.

Aimberê não tinha como ajudá-los. Não poderia carregar armas para todos, não conhecia o caminho certo. Só o que ele podia era cantar e dançar para descarregar seus espíritos. Com um maracá na mão ele dançou, dançou, dançou.

Então, uma passagem se abriu na grota e, atravessando-a, Aimberê chegou a uma clareira cheia de outras gentes. Esses eram mamaés de seus antepassados distantes. Gente valente, guerreiros que haviam vencido batalhas e comido muitos inimigos. Tinham voltado da terra longínqua para lhe contar seus feitos. O guerreiro sentou-se e ouviu. E quanto mais ouvia mais certeza tinha de que não poderia se igualar ao valor daqueles bravos. Sentiu-se só e pequeno.

Ipeaçu cantou das guerras que fizera quando os avaetés expulsaram os tapuias, filhos de Puxi, das terras da beira-mar. Suas vitórias só eram igualadas pelas aventuras de Kuaracy, o lendário filho de Maíra, que trouxe o fogo para os avás.

Camoré, o bravo, lembrou suas caçadas. Descreveu em detalhes a perseguição que fez ao tapir gigante, quando este aterrorizava as aldeias de seus parentes. Falou da grande luta que os dois travaram no alto do penhasco sobre a baía, de onde o tapir foi arremessado para a morte.

Parabuçu relembrou as guerras contra os povos vizinhos, que viviam do outro lado da baía e com quem tinham se batido em incontáveis batalhas pelo domínio do território, por mulheres ou para vingar seus mortos. A valentia dos seus antepassados tinha lhe garantido a posse da terra mais bela do mundo. Um pedaço da Terra-sem-Males deixada para trás por Maíra para que os avás soubessem como era bonito o outro lado.

Tuiubí dançou longamente ao som do maracá e contou como tinha aprendido de seus antepassados os encantamentos que permitiam proteger as gentes dos espíritos traiçoeiros. Cercou

Aimberê com sua dança, soprava a fumaça e entoava os nhém--nhém-nhém que asseguravam proteção e purificação. Disse a Aimberê que ele precisava se preparar, pois a sua travessia mítica haveria de ser tão grandiosa quanto qualquer outra que já havia se passado. Seu desafio era o maior de todos, pois o destino dos avaetés estava ligado ao seu. De seu sucesso dependia a própria sobrevivência de seu povo.

Ao final do rito, Aimberê era só dúvida. Cansado, procurou um canto escuro e protegido próximo a um velho tronco de guapoí para dormir, mas ao entrar no oco passou para outra furna onde estavam homens e mulheres cansados, lamurientos. Todos tinham uma história para contar. Eram cantos de sofrimento e pesar, um passado de escravidão. Aí encontrou Kairuçu, seu pai que lhe falou duro: não podes fraquejar. Tua promessa é a única esperança de que eu possa sair daqui e seguir o caminho das montanhas.

Aimberê se aproximou do pai, encostou-se a seu colo e chorou profundamente. Cada soluço seu era uma tempestade que inundava o mundo, levando paus e pedras, abrindo caminho para sua ira que retornava.

Acordo, e o céu pontilhado de estrelas me observa. Estão todos aí? Nossos parentes, amigos, você...

Sinto a solidão desta praia cortante, como uma flecha certeira no peito que me impede de respirar. A escuridão não está povoada como antes. É densa, silenciosa, brutal.

Quero retomar o fio da meada, mas um medo surdo me impede de abrir os olhos da alma. Prefiro ficar no silêncio morno e opaco desta semimorte. Deixar passar o tempo, esquecer, dormir. A lembrança é por demais lancinante.

Não como. Não posso ingerir alimento enquanto o tormento de Aimberê me corrói as entranhas. Eu sabia que esta viagem através da epopeia de nossos irmãos tamoios iria me levar para a agonia. Sabia que não poderia passar livre da amargura sentida por nossos povos massacrados.

Não. Não posso deixar o esquecimento vencer, o temor dominar meu coração abatido.

Preciso riscar.

Entrar na grota dos mortos mais uma vez, e outra vez. Este é meu destino, esta foi minha opção. Mais que opção: obrigação.

Suportar a falta de ar sem se deixar sufocar. Sentir o cheiro das carnes em decomposição sem desistir.

Onde está meu cajado? Meu instrumento de fúria e atrevimento. Com ele perfuro a densidade da morte e reabro a ferida da memória.

Retomo o conto. Flecha mortal.

Riscar.

Seguir testemunhando a luta. Preciso de sua ajuda, da sua força, de sua alma de herói mítico. Kuaracy, meu irmão.

Flechas certeiras.

Um dia você me disse que iria buscar o fogo para dar aos homens. Parecia arriscado. Maíra, seu pai, tinha escondido o fogo no corpo da preguiça para que ninguém o roubasse. Mas você não tinha medo, era um bravo guerreiro, poderoso. Saímos à caça do aígue, embrenhado na mata.

Seguimos por uma velha trilha subindo a serra até encontrarmos um poço largo e profundo onde paramos para nos refrescar. Foi então que apareceu o Jurupari, despertado de seu sono nas sombras do encovado pelos nossos gritos quando pulávamos na água.

Jurupari vinha com sede de sangue. Quando acordava, tinha fome e devorava a quantos encontrava. Nas aldeias, as mulheres e crianças escondiam-se onde podiam enquanto os homens saiam para enfrentar o monstro. Inutilmente, pois ele comia um por um.

Quando ouvi seu grito feroz, meu sangue gelou. Então, vi que você não estava com medo. Em um rápido movimento subiu na pedra onde estavam nossos arcos e se preparou para o combate. O Jurupari não esperava encontrar resistência. Atirou-se a presa como um gavião que apanha um filhote de cobra no caminho.

Porém, diante dele estava você, Kuaracy, o filho de Maíra, não era qualquer um.

A luta que se seguiu foi feroz.

Como cenário aquele rio cortando a montanha em pedra. Uma sequência de poços límpidos descendo rapidamente em corredeiras e quedas. Em algumas bordas era possível ver a mata abaixo e às vezes até o mar distante. Estávamos a uma altura que fazia a paisagem lá embaixo parecer encolhida por algum feitiço poderoso. As margens de pedra do rio davam a impressão de que tinham sido lavadas pela força das águas que por ali passam quando a chuva forte forma a tromba d'água arrastando tudo o que encontra pela frente. Com o sol forte, todo o leito de pedra se transforma em um panelão quente onde os dois adversários se enfrentavam.

Jurupari atacava com suas mandíbulas assassinas, mas você desviava e o atingia com suas flechas ferinas. Atiravam-se um ao outro e com golpes formidáveis procuravam derrubar o adversário cada um por sua vez.

Pensei em intervir, mas sabia que você não iria querer. Um inimigo como aquele era a sua chance de colocar seu valor à prova. Não havia muitos oponentes à sua altura. Jurupari era um ser maligno e violento que desafiava mesmo a sua força sobre-humana.

Conforme a luta seguia, a destruição ia se espalhando. Árvores eram retiradas com suas raízes, rochas colossais arrancadas e atiradas derrubando tudo em seu caminho, montanhas assoladas.

No final do dia, cansados de um combate sem trégua e sem vencedor, os dois ainda se enfrentavam. A região em torno parecia um pote de aipim batido. Como se Tupã em sua ira tivesse mandado todos os trovões para um mesmo lugar e revirado tudo. A terra era uma massa disforme. A mata um emaranhado de folhas, troncos, cipós e raízes torcidas.

Jurupari tentou então lançar um feitiço com sua flauta. Se você caísse sob o poder de sua música estaria no papo. A melodia penetrava em meus ouvidos como cauim para a alma. Estaríamos perdidos?

Antes que o torpor o impedisse, você pediu à abelha um pouco de sua cera e com ela tampou os ouvidos, depois com o que sobrou fechou os buracos da flauta endiabrada. Em seguida, enquanto Jurupari irritado tentava limpar seu instrumento para voltar ao sortilégio, circulou em volta dele dançando com um maracá e pitando.

Com a fumaça construiu uma corda que amarrou em torno de seu adversário e com ela prendeu-o, finalmente.

A batalha estava encerrada. Jurupari dominado e atado pelo fumo tornou-se inofensivo. Reconhecendo a derrota deixou-se levar pela mata, a cabeça baixa. Silencioso.

Kuaracy vitorioso caminhava cheio de orgulho, mostrando seu troféu de guerra para todos verem.

A cantilena do velho, nhém-nhém-nhém, seguia contando a nossa história.

A que se perdeu. A que vou recuperando com palavras riscadas na areia...

Longo tempo ele permaneceu num estado de letargia, sem saber direito onde estava, ou mesmo quem era.

Um pequeno raio de sol iluminava a pixixica. Aimberê, entre as trevas e a luz ouviu o som da cachoeira cantando sua canção de eternidade. Sentiu o sangue correndo em suas veias ressonando a força daquela água incessante. Atravessou o passo escuro e encontrou a abertura na rocha que o levaria à aurora, Araci.

Lúgubres foram os dias na Carioca. Olhos pregados no horizonte, perdidos, procurando entender, buscando saída.

A impotência de Aimberê durou apenas o tempo das cerimônias para os mortos. Passada a lua, partiu. Ao seu lado, os companheiros de luta, guerreiros ávidos.

Agora a urgência de atacar os aldeamentos dos perós tinha aumentado. O bravo, atingido no mais profundo do seu ser, não via a hora de cercar São Vicente e obrigar os inimigos a soltar sua amada.

Iguaçu não teria o mesmo destino de seu pai.

A guerra não poderia esperar outro ano. Mandou aviso a todos os guerreiros. Voltaram ao Paraíba. Preparar novamente o ataque interrompido. Recomeçar.

Palavras...

Kuaracy, meu tio, que tudo ilumina, venha agora também clarear minhas ideias. Vem inspirar o canto que conto, que escrevo, que sonho, que vivo. Aos meus riscos venha juntar a luz. É preciso que essa história se ilumine para que os caminhos se abram e outros possam vê-la assim como eu a enxergo hoje, sempre.

No princípio era o Verbo – ou esta é a história de outros?

E a fala, anheeng de meu avô tamoin fez (re)surgir o mundo, a luz, o espírito.

Fez vir ao mundo as montanhas, o mar, a mata, as flores, as frutas, as plantas para comer, as gentes bicho e os avás, homens verdadeiros.

A juçara, o inhambu, tatá, apé, y, atiati, caeté, traíra, peri, guabiroba, eçá, quicé, cipó, jacá, tipiti, xê, caetê, apó, yami, ara, içara, cafuné, votu, beijú, puçá, jacuba, embaúba, ibira, aguapé, poru, poti, potira, paca, pá.

Fez inventar a caça e a pesca, as danças e cantos, as ocas e tudo o que há nelas.

Fez surgir outra vez a guerra.

Anheeng iandé!

Os guerreiros eram como formigas pela vegetação baixa da várzea.

Amanhecia o dia, calmamente, sem anunciar a tormenta. Manhã azul de inverno. Tranquila, fria. São Paulo de Piratininga desperta sem sobressaltos. Os moradores acordando para mais um dia comum.

O morro, à distância, surge como uma terra mágica, a paliçada flutuando sobre a névoa. Plantada em outra dimensão, outro tempo, a vila descansa, dorme, acorda, em sonhos de futuros imponentes. Estará realmente lá, ou é alucinação?

Procurávamos nos manter ocultos para não atrair a atenção dos moradores muito cedo. Guerreiros invisíveis para atacar uma cidadela impalpável.

Eles que continuassem suas tarefas matinais sem suspeitar de nada. Os homens deveriam cuidar dos animais, as mulheres, iniciar os preparos para a cozinha. Outras, à margem dos rios, lavar as roupas. Os padres reunidos com as crianças despertavam para suas orações e estudos. A cantilena completaria o clima de irrealidade.

No primeiro grupo, junto a Aimberê, fogo queimando, clamando por ação, os guerreiros mais valentes.

Ultrapassados os córregos do Guaió e do Aricanduva, pelo Tamanduateí até a foz do Ipiranga. Sempre nas capoeiras mais altas próximas às margens. Surpresa depende de ficar bem escondido.

É hora de enfrentar a grande várzea que se estende por toda a região mais próxima da vila. A terra está seca e firme. Problemas para passar, não haverá.

A partir do momento que os guerreiros se exponham, sem a proteção das matas, o alarme será dado. É preciso andar rápido para não dar tempo de que eles organizem sua defesa.

Pausa.

Descanso de guerreiros. Repousar, juntar forças para a batalha. Comer alguma carne e frutas guardadas para esse momento. Respirar. Conjurar mais uma vez os deuses e espíritos da guerra e da vitória. Entregar-se à fúria. Desvestir o cordial, a meiguice, a doçura, a compaixão. Assumir o totem, o matador, o implacável.

Cunhambebe percebeu que não chegaria com seus homens a tempo para o ataque. Aimberê na sua ânsia por vingar-se decidira atacar imediatamente.

Não haveria tempo para subir a serra. Só restava fazer um ataque paralelo em algum lugar do litoral. Talvez a notícia de um ataque na baixada ajudasse a distrair as defesas do Colégio.

Partiram da aldeia retomada de M'boiçucanga aproximando-se da fortaleza de Buriquioca. Aguardar uma oportunidade para surpreender os perós.

Amanhecia.

Um grupo de homens armados saiu do forte em direção ao canal e embarcou em algumas ygaras dirigindo-se para o Sul. Outro grupo, menos numeroso, se enfurnou no mato, em busca de caça para alimentar a população da pequena vila.

Os habitantes daquele posto de vigilância temiam sair sozinhos. Não podiam mais contar com a cobertura da aldeia mais ao Norte, retomada pelos tamoios.

Cunhambebe resolve atacar os que estavam nas canoas. Pretendia apanhá-los em piores condições para a defesa e, se possível, deixar que alguns escapassem para levar a notícia do ataque para a vila de São Vicente e depois ao planalto.

Silêncio, kyriri.

Era tamanho que dava para ouvir o Ipiranga cantando sua canção do tempo, do antes e do depois. Ouvir novamente o canto de Monam, Maíra, dos nossos avós.

E, também, o canto de nossos netos, novamente senhores da terra.

Com a expulsão dos perós, o canto de Monam iria soar de novo por toda Pindorama.

Aimberê novamente toma à frente. Com ele, um grupo pequeno de bravos.

Os bravos se espalham. A planície é tomada por guerreiros. Um espetáculo para os olhos. Penas, arcos, lanças, tacapes. Corpos pintados, elásticos, se movem pelo platô em prontidão de guerra.

A vila não dá sinal de alarme. Nem parece ter percebido o que está acontecendo.

Ainda posso sentir o cheiro daquela várzea, a mistura de águas e mata rasteira cozinhando ao sol. O calor levantava vapores e o ar se tornava uma barreira, uma passagem densa. Como se o colégio dos padres fosse protegido por um sortilégio. Uma força vinda do mundo de baixo.

Tivesse o morro de Piratininga brotado diretamente das profundezas por obra de Anhangá.

A cortina de vapor exala um bafo quente que amolece os músculos. Talvez fruto de malefícios invocados por algum pajé poderoso com o objetivo de impedir a aproximação de qualquer oponente.

Os guerreiros seguem o líder com o coração pesado. Movidos pela força de sua coragem e pelos juramentos.

O horror de se atirar contra feiticeiros tão perigosos.

A fama dos pajés brancos é assustadora. Todos conhecem as histórias de seus terríveis poderes. Desde que chegaram a esta terra, muitos pajés importantes tinham sido vencidos e desmoralizados em confrontos. A força de suas pajelanças era comprovada. Especialmente, as daquele com a corcunda.

A colina com o casario parece flutuar sobre uma bruma de ar quente. Será apenas uma miragem? Será que os magos tinham levado a verdadeira vila para outro lugar e deixado ali apenas uma falsa imagem para nos enganar?

A falta de alarme e de qualquer reação é sinal de que alguma coisa não estava certa.

O pajé Andirá havia alertado que os mamaé haviam lhe falado em armadilhas.

Aimberê nem considerou abortar o ataque.

A tensão cresce quanto mais o bando se aproxima do pé do morro.

Uma horda de mosquitos acompanha os agressores. Seu zunido é praticamente o único som a ser ouvido na cálida manhã.

Por terra em linha reta, os guerreiros de Cunhambebe chegam a uma curva do canal em que esse se estreitava suficientemente para que uma armadilha fosse montada.

Alguns troncos caídos à beira da água são aproveitados como balsas improvisadas. Amarram-se cipós através da passagem. Aguardam.

Os barcos se aproximam. Um grupo de arqueiros colocados no alto das árvores mais próximas da beirada solta suas flechas, causando pânico e confusão entre os perós.

Dois homens morrem neste primeiro ataque. A canoa virou, espalhando gente, mantimentos e armas pela água.

Outra escapa. Remam, remam, desesperadamente. Tentam fugir.

Cunhambebe finge persegui-los com seus guerreiros. São abandonados. Parte da missão está cumprida, o alarme será dado em São Vicente. Nenhum soldado se enviará para reforçar as defesas do planalto.

Kuaracy hesita no topo do céu.

Caminha, não caminha para as terras do fim-do-mundo, no rumo do Peabiru?

Suspenso no ápice, faz pensar que permanecerá ali para sempre. O dia empaca, o coração espreita, suspeita.

Seguimos na direção da luz, ou decaímos para a escuridão?

O calor abafado impede o suspiro que traria alívio. A respiração cessa, o pensamento se embaralha. Sou gosma que se espalha pela margem, molusco que se estira sem ter aonde ir.

Concentro minhas forças na necessidade de me mover para algum lugar. Seguir meu conto, rasgar meu coração e enfrentar de vez os quebrantos, os encostos, as artimanhas desses feiticeiros poderosos, pajés endiabrados que nos mantêm impotentes, incapazes, inúteis.

Romper a tarde, refazer a aurora. Caminhar para a luz, ao invés de aceitar a noite.

Encontrar finalmente a vitória esquecida, perdida em algum desvão recôndito da cantilena, em uma reconstrução da história.

Quando Monam primeiro criou o mundo, queria que houvesse luz para todas as gentes poderem enxergar seu caminho. Colocou no alto do céu uma bola de fogo que tudo iluminava.

Todos viviam felizes com a luz, menos um.

O micura não se conformava com ver aquela luz brilhando por sobre tudo. Queria saber de que era feita.

Um dia, construiu um arco muito grande e com ele atirou uma flecha possante que fez partir o Sol em pedaços e tudo escureceu.

Monam ficou furioso e transformou o micura em um pequeno gambá.

As gentes ficaram tristes e apavoradas porque a escuridão que se fez não permitia ver nada. Apenas ouviam sons estranhos: pri-pris, croacs, fru-frus...

Os sons da noite assombravam e faziam pensar em coisas ruins.

A escuridão do micura permanece comigo, mesmo com Kuaracy a pino. Serão meus olhos que estão enevoados pela pajelança do inimigo.

Forço a vista para encontrar a saída, mas o que vejo é uma longa cova ruinosa me chamando, atraindo, enfeitiçando.

O dia parou.

O coração pesado, hesitávamos. Apesar da ânsia por destruir o grande bastião dos perós no planalto, quase não nos movíamos. Caminhávamos?

Aimberê somente, e os homens mais próximos a ele.

Seguiam no mesmo passo. Por isso mesmo, adiantaram-se. Chegaram ao pé do morro.

Oculto em pequenas touceiras e em algumas cabanas, um grupo grande de homens armados esperava. Iniciou-se um cerco. Liderados pelo próprio João Ramalho, tentavam isolar nossa linha de frente. Era prender o líder do ataque, negociar e, talvez até, desbaratar de vez as forças revoltosas.

O destino da guerra ficou ali suspenso no ar quente.

Os nossos custaram a entender o que se passava. O calor, o bafo, o sortilégio os mantinha movendo-se em outro tempo.

Como se a flauta do Jurupari nos impedisse de despertar para o perigo e tornasse cada passo mais lento, cada tentativa de reagir um longo esforço por respirar e mover-se.

Eu tentava me livrar das garras da névoa que me prendia ao chão. Impotente, fraco.

Você, não. Já se aproximava do cerco conduzindo um grupo de guerreiros.

O bando que tentava isolar os poucos homens que estavam perto de Aimberê era de perós armados com trabucos e tupiniquins convertidos. Não era uma força numerosa. Mesmo assim, se conseguissem fechar o círculo não dariam espaço para fuga e facilmente poderiam dominar os poucos bravos, talvez matá-los ou levá-los prisioneiros para a vila.

Você e seus homens se jogaram contra a linha de inimigos, ajudados pela cegueira momentânea provocada pela luz intensa. Como Kuaracy, você se movia entre os contrários causando ferimentos e mortes.

Os homens de Aimberê perceberam seu ataque. Moviamse na direção de seu grupo. Juntaram-se.

O que seria uma armadilha se transformou em uma batalha. Dois grupos se enfrentando. A tropa de João Ramalho era maior, mas vocês lutavam com a força do sangue tamoio. Já não havia mais cerco. O resto dos nossos se aproximava, reanimados pelos clamores da batalha. Despertos de seu transe.

Os inimigos se compactaram seguindo na direção da vila para garantir a defesa de seus poucos acessos.

Os nossos recuaram buscando se unir ao grosso de nossa hoste.

O dia voltou a respirar. Os olhos limpos da névoa. O sangue pulsando nas veias.

A bravura com que juntos vocês enfrentaram os homens de João Ramalho selou sua amizade com Aimberê.

O combate foi violento, mas, ao contrário de nossas esperanças, foi muito mais uma luta para conseguir se livrar da armadilha criada pelo inimigo do que um assalto a uma vila desprotegida.

Tibiriçá nem chegou ao campo de batalha. João Ramalho e seus caçadores de gentios tinham sido suficientes para impedir nossa investida apressada e colocar em risco toda a empreitada.

Cunhambebe aprisionou os sobreviventes da emboscada. Não haveria nada para fazer por ora. Retornou com eles para sua aldeia ao norte.

Voltar pra casa e esperar pelas notícias do ataque a São Paulo.

Se Aimberê fosse vitorioso eles poderiam planejar a ofensiva final a São Vicente. Enquanto isso, ele e seus homens poderiam caçar, festejar e aproveitar o calor de suas cunhãs na rede.

Nem poderia imaginar que as coisas não iriam se passar de acordo com suas melhores esperanças.

Maíra Monam não estava contente com a terra escura. Pediu aos gêmeos Kuaracy e Jacy que iluminassem a terra.

Kuaracy que tem o brilho mais forte passou a caminhar no céu de um lado até o outro iluminando tudo até a hora em que se recolhe. Então, Jacy vem para substituir seu irmão e deixá-lo descansar. Mas Jacy não brilha tanto e por isso a noite segue mais escura.

No outro dia, Kuaracy retorna e ilumina tudo de novo.

As gentes passaram a andar de dia e dormir à noite, protegidas em suas ocas.

De tempos em tempos Jacy vai visitar seu irmão. Então, eles se encontram e relembram suas aventuras.

Aimberê tinha retornado ao alto Anhembi e iniciado a investida mesmo sem esperar até que todos os grupos se reunissem. Sua pressa em vingar o ataque aà Uruçumirim e libertar Iguaçu foi sua falha.

Não cumpriu todos os ritos para propiciar uma boa vitória, não prestou atenção aos sonhos de maus presságios, confundindo--os com sonhos de tristeza. Não dançou, nem cantou como devia.

O que Aimberê não sabia era que, enquanto ele se retirara para o Norte, os padres tinham procurado João Ramalho com quem normalmente não mantinham boas relações e buscado um acordo com ele para que pudessem se ajudar quando os tamoios voltassem ao planalto para nova ofensiva. Em seguida, iniciaram um plano de fortificação de suas defesas.

Quando os tamoios se aproximaram da vila, João Ramalho já se encontrava por lá com seus filhos e uma tropa de homens armados, prontos para enfrentar qualquer grupo de combate.

A oportunidade passara. Tinham perdido o fator surpresa. Na pressa de revidar o golpe sofrido não haviam reunido todas as suas forças.

Após aquela malfadada batalha, ao pé, do morro, Aimberê e os outros líderes sentiram que era preciso recuar sob pena de se desgastarem inutilmente. Precisavam de outra estratégia. Com os homens de João Ramalho e as defesas organizadas, o colégio dos padres era inexpugnável.

A retirada foi rápida para que o velho caçador de escravos não pudesse segui-los nem atacá-los. Os homens se espalharam para encontrar-se no Paraibuna.

Nhém nhém nhém, rummm rummm rummm, o tamoin dança com seu maracá na mão. Dançamos com ele.

Palavras são fogo.

Queimam.

Esquentam o frio que se esconde na alma desamparada, só.

Incineram a noite negra e fazem nascer o dia. Fazem ressurgir o seu brilho solar que me aquece.

Dão vida aos sonhos, mas também os transformam em cinzas.

Na aldeia de Cunhambebe, piá acordou em fogo. Suava, tremia, delirava. No final do dia eram vários: tamoin, piá, menina, mãe, primo, irmão, o chefe.

De repente, a aldeia quase inteirinha estava estirada nas redes. Pajé corria de um lado pro outro, batia o maracá, chamava os espíritos da mata, soprava fumaça. Quentura dessas só Aixé-do-mato pra curar, manda chamar a tia lá na cachoeira do pé de serra. Aixé chegou, fez mezinha, cantou, rezou na puçanga. Nada adiantou.

Dias depois, a aldeia era uma mortandade. Cunhambebe mandou chamar os perós que tinham sido trazidos.

— Meus irmãos estão morrendo. Eu estou morrendo. Vocês encomendaram feitiço. Vão morrer antes de mim.

Implorando por suas vidas, jurando não ser culpados pela mortandade, foram levados para o meio da taba onde os sobreviventes os mataram a pauladas.

Tudo inútil. Antes que a Lua voltasse a crescer, Cunhambebe tinha seguido seu caminho.

No planalto, Aimberê se culpava pela ofensiva frustrada. O fracasso pesava mais ainda por que agora os inimigos conheciam seus objetivos e não seriam mais apanhados de surpresa. O desânimo ameaçava botar abaixo toda a campanha.

Para completar, neste momento chegou a notícia da morte de Cunhambebe.

O velho cacique, acometido de forte doença, fora mais um a se juntar aos mamaés. Devia estar na grota reclamando de sua falta de capacidade para destruir os invasores. Outra mágoa a se juntar aos seus pesadelos.

Juntamente com boa parte de seu povo, o primeiro grande chefe da confederação dos tamoios morreu vítima de outro tipo de guerra trazido pelos de fora. As epidemias matavam mais ainda do que as expedições armadas dos portugueses. Cunhambebe era imbatível no campo de batalha, mas nada pode fazer contra o mal trazido pelos prisioneiros para dentro de sua própria taba.

Esta linha de praia me serve bem. O mar me atrai, a mata me chama.

Não vou.

Sou o que fica, o que observa. Testemunha.

Entrar no mar, deixar que suas mãos escuras me puxem, me acariciem. Transformar-me em peixe, suave, esguio. Escorregar para longe dessa rede que me prende ao sofrimento. Conhecer anêmonas, virar caranguejo, andar pela areia do fundo sem destino, nem obrigação. As ondas me querem, quase vou.

A mata. Crescer mata-pau, guapoí, me agarrar às árvores e descobrir os mistérios da fotossíntese. Pássaro cortou o ar, sapo respondeu, aranhas e formigas trabalham incessantemente. O bordado das samambaias, cortinas que se fecham sobre o mundo exterior. Quietude.

O balanço das ondas é canção de ninar. Na tarde do mar tirarei a sesta que minhas dores não permitem. Deixar-se levar.

As águas espalham seus dedos procurando rios. Folhinhas bebem gostoso. Raízes trabalham a lama. A floresta vive. Retoma o rumo de seus sonhos, ignora a destruição e cresce. Com ela estiro meus ramos e me acalento ao sol.

Durmo um sonho de marisco, grudado à pedra aguardo a chegada da maré. Sou gosma, sou sal, sou água. De minhas entranhas emana um calorzinho bom de quem se esqueceu.

No final da tarde, o canto do urutau avisa que a luz vai acabar. Os grilos se preparam. A noite vem cantar seus pri-pris e coachos. As estrelas vêm me visitar em festa.

Virei aígue.

Você caminhava já há dias. Eu ia a seu lado. Encontrou caca do aígue, perguntou:

— Há quantos dias passou a preguiça?

— Aígue passou faz cinco dias.

Encontrou outra.

— Há quantos dias passou a preguiça?

— Aígue passou faz três dias.

Mais uma.

— Há quantos dias...

— Um dia.

Não era fácil agarrar o aígue, que com o fogo no corpo se movia rapidamente. Difícil de achar, difícil pegar.

Você subiu no tronco mais alto e esperou. Quando o preguiça pulava de um galho para o outro, encontrou seu abraço.

Agarrado o bicho, você tirou o fogo de dentro dele com uma ponta de flecha, tomando cuidado para não machucar.

Solto, o aígue sem fogo começou a se mover lentamente, como faz até hoje.

Possuidor do fogo, você voltou para a aldeia dos homens. Ensinou as gentes a se tornarem avás, os que dominam o fogo: homens verdadeiros.

Coaquira, percebendo o momento delicado, convocou um novo mongaba em sua aldeia. Era preciso eleger um novo chefe imediatamente, antes que os grupos se dispersassem.

Foi preciso que ele mesmo fosse conversar com Aimberê que não queria ir.

— Tem jeito não. Não adianta seguir lutando. Nosso povo precisa de um tuxaua verdadeiro. Um bravo guerreiro que possa mudar nossa sorte. Sou apenas um escravo fugido.

— Aimberê é o líder. Os homens o seguirão até a cova de Jurupari.

— Estou vazio.

— Ânimo homem, ainda vamos comer todos eles.

— E ter uma tremenda dor de barriga.

— Melhor dor de barriga do que dor no coração.

— Eu quero pegar um por um, como quem pega piolho na cabeça da companheira.

— Assim que se fala. Vamos reunir o conselho. Vamos voltar ao ataque. O forte dos padres não é invencível.

Na aldeia de Coaquira, os chefes escolheram Aimberê como novo tuxaua, grande líder da revolta, como tinha que ser. Ao seu lado, Coaquira, Tabajara, Cunhambebe, o filho, Jagoanharo, Taiguar, Araketu, Arabutã formavam o mongaba dos chefes. Nós assistimos a tudo atentos. Das decisões tomadas ali dependeria o destino da guerra. Os tamoios mais uma vez se juntavam para planejar o tão esperado ataque.

Desta vez, Jagoanharo fez valer seu plano. Um ataque em terreno aberto parecia fadado ao desastre. Era preciso conseguir ajuda dos que estavam dentro da fortificação. Ele iria sozinho procurar seu tio Tibiriçá para convencê-lo a se passar para o lado deles. Se o chefe das tribos tupiniquins que viviam apaziguados com os invasores aderisse à revolta, a vitória seria certa.

Coaquira preferia tentar novo ataque surpresa. Desconfiava do chefe convertido. Achava que, uma vez avisado, o traidor iria acionar as defesas juntamente com João Ramalho e eles não teriam como chegar à vila.

O respeito dos guerreiros pela coragem do jaguar, que pretendia entrar na cidadela sozinho para falar com o parente, acabou falando mais alto. Valia a pena a tentativa. Se alguém poderia convencer Tibiriçá da necessidade de expulsar os perós, lembrá-lo de seu sangue de avá, de seu passado guerreiro, este alguém era Jagoanharo, seu sobrinho.

— Sei que no coração de meu tio ainda habita a floresta, ainda gritam as araras, correm os tapires, urra a suçuarana. O sangue tupi não se apaga assim tão fácil. Quero olhá-lo nos olhos e chamá-lo de volta à luta. Sua pança acomodada há de se sacudir.

Decidiu-se pela tentativa de cooptar Tibiriçá.

No dia seguinte, avisos foram mandados a todos os aliados. Desta vez, todas as forças seriam reunidas. Jagoanharo partiu em sua missão estratégica.

Os ânimos se recuperaram. Começaram os rituais, as danças e ritos propiciatórios. Os guerreiros fabricavam mais flechas, pintavam seus corpos. O exército tamoio se preparava para a batalha decisiva.

São Paulo de Piratininga, a vila dos padres, aldeia de Tibiriçá. Quem poderia imaginar que aquele punhado de palhoças no alto do morro poderia se tornar importante um dia. Era uma taperinha sem valor nem sentido.

Na sua cantilena, o tamoin, sempre voltava à vila de Piratininga. Que magia a protegia? Que força misteriosa se colocava por trás daquele arraial.

Por diversas vezes, quase destruída. Intocada.

Quantas vilas, fazendas, fortificações, escolas, aldeias tinham sido fundadas por esta mata afora? Quantas tinham sobrevivido? Quantas desapareceram sem deixar vestígios, viraram pó sob as raízes poderosas de ipês, gapiruvus, paus-de-ferro, buritis, mata-paus, copaíbas, sucupiras, angicos?

Que força estava contida naquelas colinas? Como foram conjuradas pelos pajés-brancos? Um mau-olhado, caruara, plantara sobre a montanha cercada de várzeas alagadiças aquele cancro que nem deveria ser grande coisa, com uma força que só reza-brava poderia apagar.

Mesmo para os invasores aquilo era um fim-de-mundo. Lugar onde iam parar os infelizes. O fim do império. Dali pra frente era o desconhecido, a terra dos mistérios e dos selvagens. Os caminhos sem fim. A última ponta de lança, perdida naquele matagal sem perdão.

E, no entanto...

Vejo Jagoanharo, subindo por caminhos desertos no meio da madrugada. Ele conhecia a vila. Tinha estado lá anos antes, quando ainda era apenas uma criança. Seu pai, Ararai, tinha vivido com os padres ali durante algum tempo, antes de chegar à conclusão de que não valeria a pena se amigar com aqueles estranhos. Muito antes da convocação do mongaba por Cunhambebe e do surgimento do exército tamoio.

Vejo agora Tibiriçá, com o nome adotado de Martim Afonso, acordando incomodado. A coceira cada dia aumentava. As mezinhas recomendadas pelos padres aliviavam, mas não pareciam vencer aquele fogo que se espalhava na pele agora coberta pelas roupas que aprendera a usar. Bem que ele havia tentado a visita secreta ao pajé Sumã, que vivia nas cercanias da cidade. Os padres condenavam aqueles que recorriam a Sumã. Diziam que ele estava possuído pelo demônio e que aqueles que o procurassem seriam punidos com o inferno. Mas quando a pele começava a i'çara, o desespero falava mais alto e ele sucumbia às antigas crenças. Quem sabe o xamã endemoniado fosse capaz de tirar esses maus fluidos de seu corpo.

Susto! Era como se o espírito de seu pai, o velho guerreiro Jagoanharo estivesse ali com ele no quarto.

Sim, Martim Afonso tinha um quarto só pra ele na casa de chefe que tinha sido construída perto do colégio. Tinha também um baú com roupas e uma cama com a qual já quase se acostumara. A vida do chefe na vila de Piratininga era muito diferente da que vivia antes da chegada dos padres. Agora era civilizado, não andava mais nu e pagão pelas matas. Tinha respeito e inspirava obediência aos seus homens.

Também tinha pesadelos. Sonhava com seus parentes mortos e aprisionados. Sonhava com demônios que vinham lhe apanhar para levar para o inferno. Às vezes, quando ia se deitar, podia jurar que Anhangá estava escondido debaixo da sua cama, apenas esperando que ele dormisse para pegar sua perna e levá-lo arrastado para o fogo. Tudo porque ele ainda sentia a atração pelo mal, pela luxúria, pela gula, pela ganância, ekoa'iba, pecado. Seu confessor havia lhe explicado tudo. Quando ele se livrasse dos desejos pecaminosos e estivesse com a consciência tranquila, conseguiria dormir como uma criança. Como dormia quando ainda não conhecia a palavra de Deus e vivia uma vida de falsidade e vício, com suas crenças de pagão.

De vez em quando, eram os espíritos que vinham lhe visitar. Seus antepassados vinham reclamar a perda de suas terras e seus inimigos vinham jurar vingança.

Por isso pensou que era seu pai que estava ali no quarto. Só quando o sobrinho começou a falar é que percebeu o engano. Então, o medo cresceu. Jagoanharo, filho de Araraí, era seu inimigo jurado, já havia dito diversas vezes que iria matá-lo em batalha para mostrar que seus parentes não eram xerimbabos dos perós.

Procurou suas armas, mas o sobrinho falava calmamente e não parecia ameaçador.

— Tio, se lembra de quando meu avô ainda era vivo e a gente morava junto na mesma aldeia? Você e seus irmãos eram uma força imbatível. Temida por todos os inimigos próximos e distantes.

Estranho ele falar justamente do avô. O que será que o sobrinho pretendia?

— A força do totem não deve ficar dividida. É preciso reunir as quatro patas do jaguar. Os quatro irmãos podem ser de novo os grandes líderes das gentes verdadeiras.

— Veio se juntar a nós, meu sobrinho? Tenho certeza de que os padres te acolherão. Basta você ser batizado. Tem um lugar de honra para todos os meus parentes.

— Eu não quero a vida dos padres. Quero convidar você, meu tio, para voltar ao verdadeiro modo de vida tamoio. Um avá não pode se sentir bem dentro desses panos, nesta oca de barro abafada, longe da mata e das estrelas.

— Porque eu iria sair daqui onde sou chefe reconhecido e recebo honras D'el Rei e de Nosso Senhor?

— Tio, mais dia menos dia esses demônios barbudos serão expulsos da terra. Os tamoios vão retomar o que é deles. Quem permanecer do lado dos invasores será comido.

— Você não sabe que comer carne de gente é pecado? Pense na sua alma, menino.

— Há muito não sou menino mais. Sou um guerreiro temido. Venho lhe oferecer a oportunidade de voltar a ser um legítimo avá. Quando nós viermos tomar de volta o que é nosso, gostaríamos de contar com o grande chefe Tibiriçá como um dos nossos.

— Aimberê pretende atacar a vila de São Paulo novamente? Ele ainda não está convencido de que os padres possuem a proteção do Senhor?

— Se um grupo de avás, liderados por um morubixaba corajoso, de dentro da vila, minar as defesas, não haverá feitiço dos pajés-brancos que impeça o ataque de ser bem-sucedido.

— Você quer que eu aja à traição? Que abandone meus amigos ao inimigo e ajude a destruir o que construí.

— Quero que meu tio volte a ser o que era. Que erga seu arco para defender o seu povo. Traição é seguir atrás desses padres ajudando o invasor na caça e escravização de nosso povo.

— Os que são escravizados são nossos inimigos. Não são de nosso povo.

— Não mais, tio. Agora são os perós que são nossos inimigos; de todos os povos que viviam aqui antes que eles chegassem.

— E se eu ajudar esse ataque, como vou saber que Aimberê não vai querer me comer também.

– Eu fui enviado pelo Mongaba com a missão de convidar meu tio para que volte para o nosso lado. Tibiriçá será recebido como grande chefe e líder dos tupiniquins.

— O que eu teria que fazer?

— O ataque será na próxima lua cheia. Pela manhã, a aldeia será cercada. Se as entradas estiverem desimpedidas chegaremos com facilidade até o colégio. Então, os padres terão que se render.

— E se eles desconfiarem?

— Por isso, meu tio deve continuar aqui, seguindo do mesmo jeito que está vivendo até o ataque. E não deve contar a ninguém que não seja de sua absoluta confiança.

— E se eu não concordar?

O brilho feroz no olhar de Jagoanharo serviu de resposta.

— Preciso de sua decisão ainda esta noite. Na verdade, preciso agora mesmo. Tenho que ir embora antes que a vila desperte.

Assustado com o ânimo do sobrinho e sem disposição para enfrentá-lo no meio da noite, Tibiriçá concordou com a proposta.

Jagoanharo saiu convencido de que seu tio no fundo ainda era um verdadeiro guerreiro tupi, e que seu sangue iria falar mais alto no final das contas, iria honrar, moeté, seus ancestrais.

Fora da casa, o céu cheio de estrelas o esperava com um sinal de esperança. Seus ancestrais estavam lá, assistindo aos eventos da guerra. Certamente iriam favorecer àqueles que lutavam pela libertação de seu povo.

Suspirou aliviado.

Com a agilidade do jaguar, desceu a encosta do morro e se esgueirou de volta para a mata e para as forças dos tamoios. Agora, era preparar o ataque final.

Danço, canto e danço. A fumaça que sobe da fogueira à beira da praia cria formas em que posso ver novamente as forças se concentrando em torno do objetivo maior.

Conjuramos nossos protetores, nossos demônios e deuses, os mamaés de nossos ancestrais e a força das gentes das florestas.

As danças e os cantos se juntam em torno do fogo. Nossos pajés murmuram, os bravos reúnem sua coragem e se preparam para a grande batalha.

Aqui dançando me sinto forte e pronto. De novo tamoio, de novo o guerreiro surgido da conversão, da descoberta. À minha volta dançam meus irmãos de sangue e de guerra, dança você. Mais uma vez iremos à batalha, meu irmão. Vamos matar e morrer pela libertação de nossa terra, pelo fim do terror.

Maranã... apiti... atá... e'õ... eroyrõ... epyk...

Iandé poroyuká, xerembiara.

Coaquira, Araraí, Aimberê, Piquerobi, Cunhambebe, Acauã, Ubiracy, Jurandir, Itagi, Guarabira, Iberê, Ubiratã, Tabajara, Cajuru, Caiubi, Jagoanharo, Jau, Caboré, Picuman, Surubim, Ataúba...

Os tamoios vão à guerra pelo que é seu. Reconquistar a terra, reaver a honra de guerreiro, vingar seus parentes vivos e mortos. Libertar seus irmãos. Libertar-se.

Quando Aimberê entoar seu canto de vitória no topo do morro do Piratininga, todos os irmãos vão dançar e comemorar. A terra livre, o ar não mais infestado pelo cheiro acre dos perós, a mata retomando seu curso de crescimento, as gentes vivendo seu caminho tupi.

Palavras são sonhos de futuro.

Um dia, o Jaguaretê pescava na beira do rio. Kuaracy quis brincar. Mergulhou na água e puxou o anzol.

Jaguaretê, pensando que era peixe grande, deu um puxão e caiu de costas.

Várias vezes Kuaracy enganou o Jaguaretê. Então, Jacy quis imitar o irmão.

Jaguaretê deu um puxão forte e conseguiu pegar Jacy. Levou para casa e cozinhou para comer.

Kuaracy foi atrás. Jaguaretê convidou para entrar e comer o peixe que estava cozinhando.

Kuaracy não comeu, mas pediu os ossos. Levou para casa e com seu poder mágico, reviveu o irmão.

Os dois então passaram a perseguir o Jaguaretê e criar todo tipo de armadilha para ele.

Hoje, Jaguaretê mora no céu. À noite, seus olhos são vistos como duas estrelas brilhando.

Às vezes, quando Jacy vai encontrar seu irmão no céu, o Jaguaretê ataca os dois e o mundo escurece novamente. Então, por alguns segundos, toda a criação fica em suspenso, esperando o resultado da luta.

Se Kuaracy vence o Jaguaretê mais uma vez, volta o dia.

Quando o Jaguaretê conseguir vencer os irmãos, a terra ficará para sempre no escuro.

A multidão se espalha pela várzea em torno da vila.

Milhares de bravos com suas penas, suas pinturas, arcos e bordunas. Um mar de gente disposta a tudo. Desta vez não haverá surpresas. Jagoanharo voltou da missão, vitorioso. Tibiriçá vai descer o morro com seus homens trazendo os padres para serem abatidos diante de Aimberê.

A visão de nossas legiões já é uma verdadeira festa. Quando alguém iria pensar que tantos homens se reuniriam em uma só tropa? Antigos inimigos agora se juntam ombro a ombro com um objetivo comum.

Pros lados da nascente do Anhembi, Kuaracy inicia sua jornada radiante. Contente de ver seus filhos ali agrupados para a vitória final.

Tibiriçá desce a ladeira principal do morro todo paramentado, cercado de guerreiros. Com sua pintura ritual de guerra, seu cocar, seu arco, o velho chefe parece novamente o guerreiro que contava com o respeito e temor de todos os que o conheciam.

Os grupos se aproximam. Os tamoios procuram os prisioneiros que deveriam ser trazidos. Aimberê e os outros líderes vão na frente. Querem cumprimentar Tibiriçá, ser os primeiros a cercar os padres e atacá-los.

Mas o que é isso? Inacreditável! Tibiriçá e seus homens começam a gritar e se atiram correndo contra os nossos. Nós não estávamos todos do mesmo lado?

A investida não deixa dúvidas. Todos se agarram às suas armas, alertas. O que era para ser apenas festa vira batalha feroz.

Pegos de surpresa, começamos o dia em inferioridade. Alguns recuam, outros titubeiam, a hoste de Tibiriçá faz mortos e feridos à mão cheia. O terror se espalha. Os líderes veem a derrota se aproximando e começam a agir.

Gritando, o grupo de Aimberê investe na direção de Tibiriçá para enfrentá-lo. Os tamoios retomam o sangue e a coragem, a batalha se inverte. Os defensores da vila se retraem. Atacados por um número superior de guerreiros encolhem-se na direção do morro. Finalmente, o momento é chegado em que os entreguistas serão massacrados.

Aimberê e seu grupo se aproximam de Tibiriçá. Basta a morte deste para que suas forças abandonem o campo de batalha. Também nosso grupo, que seguia com Jagoanharo, se dirige para lá.

É Jagoanharo quem se apressa mais e acaba por se colocar frente a frente com o tio. Possesso, ele encara o traidor, olhos nos olhos. Sangue do seu sangue, carne da sua carne. O tio tinha feito a promessa. O que tinha acontecido? Havia algum mal-entendido? Algum truque para enganar os padres?

Jagoanharo não podia acreditar na traição do tio. Ele estava certo de que, no final das contas, Tibiriçá iria mostrar que era ainda um grande guerreiro tupi. Alguma imagem de sua infância persistia em sua mente, algum momento em que o tio havia mostrado sua bravura...

Enquanto Jagoanharo titubeia, Tibiriçá abre os braços como se fosse cumprimentar o sobrinho e, com um passo à frente, ataca-o com sua lança, atravessando-lhe o peito, interrompendo o caminho de suas vitórias e fazendo jorrar o sangue que alimentava tanta bravura. Jagoanharo se imobiliza suspenso entre o assombro e a agonia. O mundo se detém, os dois exércitos estancam, a respiração cessa. Momento que dura séculos, séculos que se resumem a instantes. Jagoanharo está morto.

É possível? O matador do jaguar, o guerreiro invencível...

Jagoanharo não foi derrotado pela destreza ou bravura de seu adversário, mas pela falsidade deste, por sua própria credulidade. Não foi capaz de ver o inimigo à sua frente. Viu apenas o parente, o irmão de seu pai. O ódio que alimentava pela traição do tio foi mais fraco que a esperança de vê-lo novamente com orgulho. O gesto de ataque confundido com a busca por um abraço de reconciliação.

Jagoanharo meu amigo, o último brilho dos seus olhos, recheado de espanto me persegue. Também eu ali próximo não pude reagir, enquanto perscrutávamos o rosto de Tibiriçá em busca de respostas para o seu comportamento, sua lança já caminhava rumo ao alvo. Os gestos dissimulados, o possível abraço, a falsidade nos enganou.

Então, já era tarde para qualquer reação.

Também eu aqui permaneço paralisado, com sua perplexidade colada em meu rosto. A mão relutando em continuar riscando a areia. Me assombra a imagem desse colonizado que prefere matar o sangue de seu sangue, seu irmão de desventuras, a se rebelar contra as barbaridades perpetradas dia a dia pelo colonizador. Este alienado que sou eu, que somos nós todos, um país inteiro, uma civilização. Catequizados, aliciados, idiotizados pelas miçangas e pelos espelhinhos. Enfeitiçados pela magia pérfida de pajés poderosos, feitiço colorido de imagens falsas.

Escapa meu cajado, foge meu fôlego, me arruína o verbo. Não ser, não lembrar, não existir, não lutar mais, não resistir, não viver de novo. E, outra vez o massacre, o medo, a morte.

O sangue jorra do peito de Jagoanharo, tinge de vermelho a terra, o mar, a mata, o céu. Escurece meu olhar, anoitece minha alma. Morte! Paba! Fim!

A mesma proximidade e ligação que se formou entre você, meu irmão, e Aimberê, aconteceu entre mim e Jagoanharo. Se Aimberê era o grande líder da revolta, Jagoanharo era o sonho de trazer todos os amansados de volta para a tribo. Sua esperança era a luz que me guiava na mata escura, que me acendia o coração em meio às batalhas, ao sangue e à destruição.

Sua morte foi também um pouco da minha. Sua derrota diante da traição me abriu uma ferida que nunca mais cicatrizou. Me tornei mais quieto, mais soturno, mais alquebrado.

Você procurava me animar, conversava para ver se arrancava aquele espinho venenoso de meu coração, mas eu não conseguia mais ver sentido. Não podia mais reconstruir a vida tupi. Sentia – ainda sinto – o fétido bolor do domesticado, crescendo por dentro, cobrando os anos de mansidão, de cabeça baixa, de aceitação.

Jagoanharo tombado no campo de batalha foi uma ducha de água fria no ânimo dos guerreiros que começaram a recuar. Ainda para completar, naquela altura chegaram os homens de João Ramalho, que tinham sido avisados, fazendo troar seus paus de fogo. Iniciou-se a debandada.

Mais uma vez os tamoios tinham cercado a vila de Piratininga com forças suficientes para tomá-la e, mais uma vez, tinham sido rechaçados. A maldição dos barbudos persistia, a magia dos pajés brancos provava novamente sua força.

Tupã em sua fúria descarregou a tempestade que vinha se armando. A várzea se encheu, o mundo parecia que ia se acabar, chorando a morte do bravo caçador de onças, o desmoronamento do sonho tamoio de uma terra livre, do retorno do modo tupi.

O murmúrio do velho ressoa em minha cabeça, cantilena de revolta, nhém-nhém-nhém de derrota, tristeza, traição, a história de Puxi, o feio.

Entre as gentes que viviam naquele tempo, havia um tal de Puxi, que não era como os outros. Então, os homens eram todos bonitos, fortes e valorosos. Puxi, não. Puxi era feio, fraco e covarde. Tinha medo de lutar na guerra. Ia à caça com os outros e voltava de mãos vazias. Puxi não tinha esposa, nem amigos. Todos o evitavam com medo de que a sua feiura e fraqueza pudessem ser contagiosas.

Puxi vivia na aldeia, mas era como se não morasse lá. Andava sozinho. Depois de um tempo os outros não precisavam mais evitar Puxi, ele mesmo andava pelos cantos, longe de todo mundo. Preferia ficar distante para não ver a aversão estampada nos rostos.

A vida caminhava como sempre, os homens iam à caça, as mulheres faziam potes, plantavam, espremiam a mandioca para fazer a farinha. Puxi ficava pela aldeia, tratando de não ser visto. Alguns até se esqueciam de sua existência.

Então, Caiubi, o lutador mais forte da tribo, caiu doente. Todos vieram ver o companheiro na rede derrubado, a cabeça pendendo. Caiubi gemia e parecia falar com seus parentes mortos que deviam estar por ali.

O pajé foi chamado. Chegou com seu maracá e seu pito, foi logo dançando e soprando a fumaça para limpar o corpo de Caiubi. Conversou com os mamaé, pediu para que deixassem o jovem em paz. Ele ainda tinha muitas caçadas para fazer, muitos filhos para criar, tinha que dançar em volta do terreiro e amar sua mulher para fazer mais filhos pra quem ia caçar ainda mais.

Anaí, mulher de Caiubi, lembrou que ele tinha tido um sonho antes de cair doente. No seu sonho ele tinha visto o tamanduá, seu ancestral, sentado na entrada da sua oca. Seu parente queria lhe falar. Disse que a sua força estava se acabando. Que não podia mais vencer seus inimigos com o abraço, que agora caminhava para a morte. Tudo porque não podia suportar a decadência dos seus.

Reunidos com o pajé, todos concordaram que Puxi devia ser a causa da fraqueza do tamanduá no sonho e, portanto, também da doença que tinha se apossado do sonhador. Saíram pela aldeia, até que encontraram Puxi dormindo atrás da casa dos homens. Este, percebendo que corria risco de vida, prometeu que sabia como curar o doente. Preparou uma bebida com receita lá dele.

O que ninguém sequer imaginava é que Puxi tinha raiva de Caiubi por este ser o melhor lutador da tribo, admirado e amado por todos.

Logo depois de tomar a beberagem, Caiubi caiu morto. Todos ficaram com medo de Puxi, sem coragem de matá-lo. Também tinham medo de que ele fizesse mal para mais alguém, por isso, mandaram-no embora.

Foi para longe. Lá onde Puxi foi, ele encontrou mulher, casou fez filhos. Os filhos de Puxi tiveram mais filhos. Os tapuias eram os descendentes de Puxi, filhos da traição.

Mas agora, até os tapuias se juntavam aos tamoios. Os filhos de Puxi se mostravam valorosos nos campos de batalha. A traição agora vinha dos próprios tupi. Tibiriçá era o novo Puxi. Pai de uma linhagem de mestiços covardes, dispostos a qualquer coisa para seguir vivendo, como escravos, escória, ninguém.

Por meses, a derrota diante de Piratininga derrubou os ânimos e quase encerrou o sonho de Aimberê. Cada um que sobreviveu voltou para sua taba. A vida retomou seu rumo, a caça, a pesca, o plantio. Tratou-se de aproveitar a vida com as mulheres, fazer novos casamentos, criar os curumins, dançar, cantar, enterrar os mortos.

Mas Aimberê não tinha mais a mulher, não tinha podido enterrar o pai, não se conformava.

Quando os perós, sentindo-se seguros novamente, retomaram os assaltos às tribos para caçar mais escravos, a revolta estalou outra vez e Aimberê não titubeou para retomar sua guerra. Reuniram-se todos os chefes novamente e decidiram que iriam mais uma vez atacar as posições inimigas. Este seria o ataque definitivo.

Desta vez, no entanto, as coisas seriam diferentes. Coaquira falara no mongaba: quando a caça entoca, é preciso atraí-la para fora de seu esconderijo.

Um plano estratégico foi montado. Algo nunca visto entre as tribos guerreiras. Talvez, já influência da presença do inimigo. A convivência, ainda que em guerra, tinha deixado suas marcas.

As forças tamoias foram novamente reunidas. Milhares de guerreiros vindos de todas as aldeias que foi possível avisar. Outra vez dançaram e se prepararam para a guerra. Os pajés conversaram com os mamaé, os guerreiros sonharam, prepararam suas flechas, lanças e bordunas, pintaram seus corpos.

Uma grande notícia veio animar ainda mais os preparativos:

Tibiriçá estava morto.

O chefe dos inimigos havia caído doente e não resistira. Era um sinal de bom augúrio. Jagoanharo, inconformado, havia vindo buscar o parente traidor e o levara para o mundo dos espíritos. Os tamoios sentiam que era a sua hora.

Entre eles, você se regozijava. Sentia chegar o momento do herói. Toda a sua preparação iria finalmente servir ao propósito máximo da expulsão dos invasores. Você acreditava nisso, vivia para isso, morreria para ver Pindorama livre.

Eu, já não tinha tanta certeza. Desde a morte de Jagoanharo passei a duvidar de tudo. Do sentido da guerra, de nossa presença ali. Antes eu pensava como você que a nossa introdução naquele momento, naquela guerra, só podia significar que seríamos essenciais para uma vitória que, em outra realidade longínqua e quase esquecida, não tinha chegado. Suas sugestões para a formulação da estratégia que seria adotada pareciam confirmar isso. Só você poderia ajudar a criar um plano tão audacioso. Mas meu espírito estava cansado. Eu seguia seus passos porque tinha sido sempre assim. Afinal, Jacy seguiria Kuaracy ainda que estivesse à beira da morte.

Na Lua Nova, Jacy Catiti, mais uma vez nos encaminhamos para a vila dos padres. Só que agora o grosso da força se deslocou para a mata à beira da serra, próximo à nascente do Tamanduateí. Ali se espalharam e se colocaram em posições estratégicas.

Um grupo razoavelmente grande para aparentar uma investida verdadeira seguiu liderado por Aimberê até a várzea em que as outras batalhas haviam sido travadas. Ali iniciaram um ataque simulado. Movimentavam-se com velocidade, fazendo todo o tipo de barulho e destruindo todas as cabanas e construções que havia na baixada antes da vila.

Atraídos pela balbúrdia e convencidos que Aimberê mais uma vez pretendia tomar a vila pela força, os homens de Piratininga desceram a encosta para defender a cidade, enquanto avisos foram mandados à aldeia de João Ramalho para que viessem apoiá-los.

Os tamoios demonstravam bravura, mas o seu número era pequeno para que pudessem alcançar uma vitória. Quanto mais tempo demorava a batalha, mais homens desciam da vila engrossando o grupo dos locais.

Passado algum tempo, chegaram os homens de João Ramalho para se juntar aos que já estavam na luta. Os tamoios iniciaram então um lento recuo em direção ao Ipiranga. Animados por sua grande superioridade numérica as tropas de defensores seguiram atrás dos fugitivos, invertendo a lógica da guerra. De simples ação de proteção à vila, passaram a perseguição para a caça de escravos como estavam acostumados a fazer.

O grupo de Aimberê recuava, mas, ao contrário das outras vezes em que buscavam alcançar logo a mata para desaparecer, pareciam hesitar. Seguiram o curso do Tamanduateí permanecendo em áreas de várzea em que podiam ser vistos e alcançados pelos inimigos.

Desta forma, os perós e seus aliados foram atraídos para a mata, onde os aguardava a verdadeira força dos tamoios, pronta para o ataque surpresa.

O que se viu foi uma verdadeira carnificina. Quando os perós perceberam que haviam caído na arapuca não tinham mais como recuar. O cerco foi fechado. Por todos os lados surgiam guerreiros. A batalha foi rápida e efetiva. Em pouco tempo não sobrava mais que umas dezenas de homens rendidos.

As forças de defesa das vilas dos perós no planalto tinham sido derrotadas. Era a grande vitória dos tamoios. Agora não haveria mais ninguém para impedir a destruição do colégio dos jesuítas. Também a vila de João Ramalho seria varrida das matas. E sem o apoio dessas duas pontas de lança, a vila de São Vicente seria presa fácil. Finalmente, o dia tão esperado havia chegado.

Palavras são raios de luz.

Jacy Cairé me ilumina enquanto danço e festejo. Há um brilho intenso que me anima por dentro enquanto relembro a grande vitória daquele dia. Novamente o coração se enche de esperança, o calor morno pulsando lento e saboroso. Gosto de triunfo. Exultante, me movo em torno da fogueira cantando a honra dos tamoios.

Não importa o que possa ter acontecido, o que se diga sobre nós. O fato é que vencemos no campo de batalha. Mostramos que somos os verdadeiros donos da terra e que nossa bravura e valor são insuperáveis pelos covardes invasores.

Também o velho canta ao meu lado. Mamaé que nunca me deixou. Também ali junto está você, meu irmão. Sua cantiga e dança me inspiram, seu espírito perseverante me indica o caminho. O testemunho.

Aimberê liderou as tropas na direção da vila de Piratininga, agora entregue aos seus pés. Era apenas entrar e destruir a tudo e a todos. Finalmente, o sonho daquela noite desesperada de fuga e medo se transformara em realidade.

O modo tamoio ia voltar a dominar a terra toda.

Ao pé do morro, mandam chamar os padres. A notícia da derrota dos homens de Piratininga se espalha.

Aimberê quer fazer prisioneiros os pajés e depois destruir a vila, permitindo aos moradores da terra que saiam e voltem para alguma aldeia de seus parentes. Os outros, os estrangeiros, serão todos feitos prisioneiros, ou mortos.

No caminho principal que desce o morro, um grupo numeroso de pessoas se agita, descendo a encosta em torno de duas figuras inusitadas. São os pajés principais. Um deles baixo e gorducho, o outro, magro e com uma protuberância nas costas que faz com que pareça estar sempre se agachando. Este traz nas mãos uma grande cruz de madeira que lhe serve de cajado.

Ao se aproximarem das forças vitoriosas fazem sinais que são percebidos como tentativa de lançar feitiços, o que provoca uma reação ao mesmo tempo de pavor e de ira. Alguns guerreiros avançam com o objetivo de matar aqueles bruxos antes que possam atacá-los com algum sortilégio que os ponha doentes, ou até os levem à morte.

Aimberê toma a frente, pois não quer que outro lhe tire o prazer de ser o matador dos pajés brancos.

Neste momento, o Jaguaretê ataca os irmãos Kuaracy e Jacy que se encontram juntos no céu.

Escuro.

Todos se encolhem com medo. Procuram no céu sombrio os sinais da batalha. Querem saber se Kuaracy se livrará da onça.

O medo é ainda maior, porque todos se lembram que perderam Jagoanharo, o matador de onças.

Então, o padre se ajoelhou no chão, olhando para o céu de braços abertos e começou uma reza em língua que ninguém entendia. Ele parecia falar diretamente com Tupã, a quem chamava de vez em quando.

Passado algum tempo, a luz voltou. Kuaracy brilhava contente no céu. O perigo passara.

O pajé-branco agradeceu a Tupã e se levantou. Todos o olharam espantados. Poderia ter tanto poder a ponto de invocar o Jaguaretê? Poderia pedir a Tupã para intervir em favor de Kuaracy? Os homens tiveram medo.

Aimberê se recupera do assombro e se aproxima do padre.

Para sua surpresa, o pajé corcunda se dirige a ele falando o nheengatu, como se fosse um natural da terra. Saúda-o como se fosse um velho parente, ou amigo esperado há muito tempo.

— Ereiupe? Té, auié nipó. Xê roykatu nde rura ri.

Desarmado pelo susto e pela recepção calorosa, Aimberê parou para escutar o padre.

Este, aproveitando-se do efeito de suas palavras, tratou de convidar os chefes para uma refeição, já que estavam todos cansados e famintos. Gritou aos seus que trouxessem alimentos e bebidas para todos os guerreiros, enquanto conduzia os líderes para o colégio sobre o morro, onde poderiam conversar com mais calma, comer, beber e descansar.

Antes que pudessem entender o que estava acontecendo, os principais entre os tamoios participavam de uma grande refeição, quase uma festa da vitória, dentro da paliçada da vila, entre aqueles que haviam jurado matar.

O padre não dava tempo para que mudassem de atitude. Seguia tratando-os como a velhos companheiros longamente esperados, em alguns momentos quase como crianças travessas que haviam se perdido na mata e que agora retornavam para a segurança da oca materna.

Agradeceu-os por terem-nos livrado do medo e da dependência que tinham dos homens de João Ramalho, sempre tão violentos, indisciplinados, dados às maldades mais variadas. Agora, que eles haviam sido vencidos, não haveria mais empecilhos para que todos eles pudessem viver em paz.

Explicou que os padres sempre quiseram conviver com os tamoios de forma pacífica, como parentes distantes que eram, mas que alguns perós eram violentos e sempre punham a perder as tentativas de aproximação amistosa da parte deles.

Agora, tudo isso era passado, eles poderiam conviver em Pindorama como verdadeiros irmãos, todos filhos de Tupã, o grande pai do céu.

Os líderes tamoios titubearam, ficaram divididos. As lembranças dos horrores vividos com os perós estavam ainda muito quentes para serem apagadas por apenas uma arenga, ainda que muito persuasiva. Por outro lado, o pajé branco parecia absolutamente sincero e afável.

Alguns começaram a murmurar, lembrar seus companheiros de que deveriam estar destruindo a vila e não sentados confraternizando com o inimigo. Outros, porém, sentiam-se inclinados ao ânimo conciliador demonstrado pelo anfitrião.

Depois de algum tempo, resolveram que um mongaba, com todos os chefes e guerreiros principais, seria necessário para que uma decisão fosse tomada.

O padre propôs que ele e seu companheiro fossem com os tamoios como reféns para provar a sua boa fé. Que eles fossem mortos e devorados se este fosse o desejo da maioria – é claro que nenhum guerreiro quereria comer aqueles pajés enfeitiçados, além de que um era flácido e roliço e o outro deformado. De qualquer forma, a vila estava agora indefesa e, se eles chegassem à conclusão de que deveriam mesmo destruí-la, poderiam voltar a qualquer momento para completar sua empreitada.

Convencido da sinceridade do pajé, Aimberê conduziu o grupo para a várzea. Um aviso foi espalhado para que todos fossem à Iperoig, onde se reuniriam em conselho.

Palavras, pesadelos.

O medo me domina, me persegue. Desacorçoado, me destempero. Clamo às estrelas. Viro a yakirana e explodo de tanto berrar.

Aumenta a minha necessidade de escrever e minha mão paralisa. Seria tão bom sentar à sombra do chapéu de sol e aguardar a tarde cair.

Ergo meu cajado para o céu, talvez esperando que Kuaracy me dê forças. Abro os braços. A brisa marinha me atravessa como se não tivesse obstáculos. Me sinto propriamente um mamaé, vagando por estas praias e matas sem corpo, sem fome, sem calor ou frio. O ronco do mar enchendo meus ouvidos até que não haja espaço para arrependimento ou desejos.

Cada lembrança desta história contém as mesmas indagações. E as respostas continuam fugidiças. Não enxergo o caminho, não vejo a luz da manhã.

Aqueles que ficam para trás jamais voltarão ao centro da vida?

Quem recuou se tornou um espectro do bravo que seria?

Cada grão de areia dessa praia me interroga, me examina. Meu cajado treme, com receio de encontrar as respostas.

Você não está aqui ao meu lado para me dar coragem.

Um pássaro pousa nos troncos secos que mais tarde usarei para fazer uma fogueira. Examina as ondas do mar como quem quer penetrar na beleza de seus movimentos. Depois, me encara. Seu olhar tem o brilho da luz do sol encantada pelo mar. Me aquece por dentro. Traz de volta o sentimento do guerreiro, do bravo que enfrenta as mais terríveis batalhas com a certeza de que sua luta é justa.

Outra vez encontrar o pajé-pálido, o Anhatinga, diabo-branco. Enfrentar sua força de sedução, seu feitiço de persuasão.

Outra vez rever o mongaba em que nossos destinos foram selados. Sentar e ouvir a arengas de cada um dos chefes. Saber que a decisão que ali se formará irá definir o que virá.

Reunidos na aldeia de Coaquira, em Iperoig, os guerreiros discutem o que farão com as vilas indefesas.

Os dois pajés-padres vieram como reféns, em nome dos quais as vilas foram poupadas durante algum tempo. As defesas dos perós não são mais suficientes para conter a enxurrada tamoia. A uma ordem de Aimberê todos os invasores serão varridos da terra. O sonho de recuperar a velha terra unificada está prestes a se realizar.

Tabajara fez um longo discurso em que lamentava a escolha de reunir um conselho antes de atacar os perós. Não fossem dar tempo para que eles reorganizassem a defesa. Era comer todos já e voltar à vida de antigamente. Esquecer o pesadelo dos monstros barbudos.

No meio da indiaiada os padres se esforçavam para acompanhar os debates. O gorducho, com um terço na mão, rezava e parecia apavorado com a possibilidade de ser comido ao final da reunião como prato principal das comemorações. Já o corcunda ouvia tudo com atenção procurando entender as forças que ali se enfrentavam.

Quando Coaquira disse que por ele a vitória já estava completa e que achava que os perós iriam se retirar com vergonha da derrota, os olhos do pajé-branco brilharam.

Aimberê não queria deixar seu trabalho pela metade. Ainda precisava entrar em São Vicente para retirar Iguaçu de sua escravidão. Não tinha chegado até ali, sacrificado tantos guerreiros, se ausentado por tanto tempo de sua aldeia, seus parentes, para deixar os perós em suas casas, escravizando seus irmãos e mesmo seus antigos inimigos. Por ele, já teriam destruído e queimado as vilas do planalto e agora estariam atacando as do litoral.

Cunhambebe, o moço, que não parecia ter herdado a determinação do pai, tinha medo de entrar nas vilas dos perós e cair doente como o velho chefe.

As ponderações seguiram noite adentro, à luz das estrelas, enquanto as fogueiras queimavam e o cauim da vitória era sorvido em quantidades consideráveis. Os ânimos se exaltaram em vários momentos e os temores do padre mais velho estiveram mais de uma vez por se realizar.

A uma certa altura, Caiubi, empolgado por suas ameaças, chegou a se levantar com o tacape na mão para brandi-lo sobre a cabeça do aterrorizado pajé, prestes a esmigalhar o seu crânio. O velho suava ainda mais do que deveria por causa de sua roupa fechada naquela noite quente.

O outro não. Escutava, examinava, pensava, concluía.

O fogo naqueles olhos ainda queima minha alma. Um furor até então desconhecido por mim, uma força febril.

Quanto mais tento entender a potência que ali se acumulava, quanto mais recordo aquela noite, aquele conselho, mais confuso permaneço.

Como aquele homem mirrado, fiapo de gente, torto – que possuía tudo para ser enjeitado pelos bravos ali reunidos – conseguiu dobrar suas vontades, dissolver suas determinações, torcer seus destinos?

Procuro penetrar a chama daquele olhar, descobrir sua fonte, desvendar seus profundos segredos, a chave de sua magia. Quem sabe assim poder reverter o irreversível, desenformar o rito da história e abrir uma nova passagem, um novo devir. Me insinuo naquele espírito guerreiro a seu modo, sem força física, incapaz de golpear, atirar, matar e, ainda assim, muito mais eficaz e perigoso.

O padre catequizador possuía o dom de arrebatar corações e conduzir rebanhos. Com fala mansa e determinação inquebrantável, transformava resoluções, moldava espíritos, forjava destinos.

Pediu a palavra. Disse que se dirigia a todos como a irmãos. Falou de amor, do Pai-do-Céu que amava a todos, perós, gentios, guerreiros, velhos e mulheres, sem distinção.

Afirmou que havia sido enviado para aquela terra com a missão de trazer a paz entre todos. Discorreu sobre a misericórdia, o perdão e sobre a recompensa aos que praticam as leis de Deus. Ameaçou com o fogo do inferno, as pestes e a condenação eterna àqueles que sucumbiam ao ódio, à vingança e principalmente aos que cometiam o pecado supremo de comer outros homens. Elogiou Coaquira e seu desejo de viver e deixar viver. Advertiu Cunhambebe de que o castigo divino cairia sobre aqueles que recusassem perdoar seus inimigos. Lembrou que a seu pedido Tupã havia enviado o Jaguaretê para trazer a escuridão ao campo de batalha e que apenas por sua interferência Tupã havia ajudado Kuaracy, afastando a onça e devolvendo a luz. Tupã o grande Pai-do-Céu estava sempre do lado do justo, como ele próprio. Enfrentou a ira de Tabajara e Caiubi com calma e determinação, mas acima de tudo jogou todas as suas forças de sedução sobre Aimberê.

Mostrou que o grande líder já tinha provado seu valor e era respeitado mesmo entre os perós, como ele poderia comprovar se fosse com ele a São Vicente para resgatar sua esposa. Prometeu-lhe honras de chefe e recepção calorosa. Criou toda espécie de compromissos que, garantia, seriam cumpridos pelos chefes das vilas sitiadas. Em resumo, mostrou que a vitória já havia assegurado aos tamoios o direito à terra e ao seu próprio modo de vida.

Assim, não havia porque continuar a matança. Afinal, havia espaço para todos naquela mata tão imensa. Provavelmente, se cada um ficasse no seu território, pouco saberiam uns dos outros.

Caiubi lembrou que os perós nunca ficavam em suas próprias vilas, mas viviam atacando as aldeias de toda a região. Todos ali tinham histórias para contar dos terrores implantados pelos monstros barbudos.

O esperto pajé-branco insistiu que aquelas eram coisas do passado. Que os perós haviam sempre sido instigados por João Ramalho e seu grupo de facínoras e pelos tupiniquins, inimigos ancestrais dos tupinambás, mas que agora, com a vitória dos tamoios, isso não aconteceria mais. Os perós tinham aprendido sua lição e passariam a respeitar os bravos guerreiros que haviam vencido seus aliados em batalha justa.

Aimberê, no entanto, não esquecia a morte de seu pai no tronco da escravidão.

Certamente – ponderava o padre –, como entre os tamoios, sempre havia entre os perós aqueles que gostavam de ir à guerra e matar seus inimigos. Havia também aqueles que queriam escravizar os da terra para que trabalhassem para eles. Contra esses brutos, porém, havia aqueles como eles que batalhavam para que todos vivessem em comum, aprendendo as leis de Deus.

Tupã não gostava quando os homens se dividiam em bandos e guerreavam entre si. O Pai-do-Céu era um deus de amor e de paz. Amava a todos os seus filhos e queria ver todos eles convivendo pacificamente nesta terra como irmãos que eram.

A peroração do jesuíta acalmou os ânimos, aparou arestas, seduziu corações. Os guerreiros já amolecidos pelo cauim poderiam tanto ter se exaltado caminhando para ações drásticas e violentas, como sentir-se seguros e dispostos a embalar um sono sereno, apaziguado. A habilidade do embaixador dos perós levou-os para uma disposição mais branda.

Ao final do mongaba, poucos ainda estavam propensos a arrasar as vilas inimigas. A maior parte pensava na paz de suas aldeias, na longa ausência, nas redes macias com suas companheiras fazendo xiá-xiá. Muitos ainda duvidavam, cismavam, mas o padre dava garantias.

Espertamente, pediu que lhe permitissem enviar o companheiro de volta a São Vicente com cartas suas em que instruiria os chefes locais sobre o que deveriam fazer para conquistar a benevolência dos vencedores.

Representantes tamoios acompanhariam o padre mais velho, para que pudessem comprovar que tudo o que combinassem seria cumprido pelos habitantes das vilas.

Ele permaneceria ali enquanto os emissários não voltassem com boas respostas, demonstrando sua confiança de que a paz seria selada. Entregava sua própria vida nas mãos de seus conquistadores como prova da sua boa fé e da certeza de que a paz era a vontade de Deus.

Como parar o tempo? Voltar atrás...

Impedir que o feitiço, a caruara, fascinação...

Convencer nossos ingênuos companheiros que nem sempre o que parece sincero vive na honra da palavra verdadeira? Impossível.

A força da pajelança do padre catequizador ainda duraria séculos. A crença em sua beatitude, a imagem do santo salvador de almas, independente de origens e descendências. Carisma.

Mesmerizados pelas palavras e pelo magnetismo do pajé branco, pela força da convicção, pelo brilho no olhar, os bravos tamoios seguiram a trilha da desesperança, da ruína e da extinção.

Ele escreve na areia. Com seu cajado vai criando versos. São coisas bonitas para a mãe de Tupã que lá do céu pode ler o que ele está riscando ali na praia, sob o Sol.

Seu semblante sereno e compenetrado dá a impressão de alguém que tem a consciência tranquila. Missão cumprida, nada a temer.

Ao seu redor, centenas de guerreiros tamoios esperam.

Homens, mulheres e crianças se aproximam para ver seus rabiscos na areia. Não entendem nada. Ele lhes diz que são palavras em nheengatu. Que com elas ele consegue falar à mãe de Tupã, aquela em que Maíra plantou seu filho o grande Deus que está no céu. Que ela vai interceder por eles e trazer a paz definitiva a todos os irmãos que forem piedosos.

Assim, seguia seu trabalho de catequese. Entre a escrita e as lições que aproveitava para dar aos que se achegavam curiosos.

Também eu vivia ali pregado, órfão de nossas vitórias, tentando decifrar a esfinge nefasta. Observava aquele aleijão mirrado e seco, coberto por sua batina, que comandava a vida de todos, guerreiros, mulheres, velhos, crianças. Me entreguei ao seu poder para tentar me investir de sua potência. Viajo em seu espírito.

"Porque ao sono te entregas, alma minha?"
"A fim de que ressoas em torpor profundo?"

"Esse pesado sono a que minha alma se abandona..." Que me embaraça o golpe, me acorrenta a flecha. O louvor à mãe de tupã, a missão. A falta de dúvida. Ah, encontrar esta certeza, este furor, a determinação que move os mares, destrói exércitos, arrebanha multidões.

Vindo de longe, o pregador tomou aquela terra como sua, andou, ensinou, convenceu.

Vejo-o sério, concentrado. Enlevado escreve seus versos na areia, enquanto ao seu redor o mundo toma a forma por ele engendrada. Inimigos confraternizam, braços armados descansam.

E todo o tempo a carta seguia seu caminho...

"Se tanto sofrimento não admite conforto,
É por a morte atroz ter tirado a vida de sua vida,
Pelo menos chora o assalto,
Crime, causador do fim violento".

A imagem de seu gesto me acossa. Ainda mais quando repito aqui o que então me parecia incompreensível. Porque fazer registros na areia da praia, se eles serão levados pelo mar?

O poder deste ritual ficou pregado no meu espírito. Ao repeti-lo estou seguro de que vou conseguir conjurar os encantamentos necessários para fazer reviver o sonho tamoio.

Nossa gente novamente desperta e disposta a lutar pelo que é seu. Nosso sangue tamoio repelindo a invasão e a mansidão do cativeiro.

Me transvisto em pajé feiticeiro, tecelão das teias de uma grande pajelança capaz de reverter o tempo, os ânimos, as traições, as preguiças, as dúvidas, as derrotas. Construtor de uma realidade paralela, de um sonho concretizado. Unificador do mundo dos mamaés e das gentes. Arauto da grande festa de Aimberê.

Vejo as fogueiras acesas, as gentes dançando, as pinturas.

Vejo você me esperando para o abraço.

Foram dias de espera ansiosa. A vista do padre escritor me desestabilizava os nervos.

Aimberê com um grupo grande dos principais guerreiros partiu em direção a São Vicente com o outro padre e as cartas endereçadas aos chefes dos perós. Iriam a cada uma das vilas para receber as garantias de cada uma de que haveria respeito aos acordos propostos pelo que ficara como refém.

Também deveriam resgatar os parentes que estivessem como escravos.

Você seguiu com o grupo, agora que vivia tão próximo a Aimberê.

Eu fiquei entre os que deveriam esperar e guardar nossa garantia, o refém.

O tempo parou. A vida continuava na aldeia de Iperoig, como se estivesse atravessando por dentro do tempo sem tocá-lo realmente. As manhãs vinham e iam, as marés subiam e desciam, homens caçavam, mulheres preparavam a comida, iam à roça, e ele escrevia. Tudo seguia seu curso, mas o tempo estava paralisado, aprisionado em seu próprio círculo. Suspenso entre uma respiração e outra eu seguia fascinado pelo desfilar de Kuaracy e Jacy. Assistia a agonia do sonho tamoio.

As ygaras se aproximavam da vila, vindas pelo canal. No porto, uma pequena multidão se aglomera. Uma tensão se espalha entre os guerreiros. Apesar das promessas de paz, todos estavam apreensivos. Os perós costumavam mentir e agir de forma traiçoeira. Tinham vindo em número reduzido, não como uma força invasora, mas como uma comitiva de negociação. Se fossem pegos de surpresa poderiam ser aprisionados como escravos, ou mesmo mortos.

Chegando mais perto foi possível perceber que havia mulheres e crianças entre os que esperavam no embarcadouro. Certamente não se tratava de uma tropa de guerra. Havia um clima de festa.

Ao subir a escada de madeira Aimberê sentiu um arrepio. Voltava a Enguaguaçu, ao início da jornada. Dali tinha partido, escravo fugido, em busca de liberdade e vingança. Agora retornava vitorioso, recebido pelos maiores do lugar com sorrisos e presentes.

Sabiam ser sedutores esses perós, quando precisavam.

A visita a São Vicente foi um grande sucesso. Aimberê foi recebido com honras de chefe de estado. Iguaçu libertada de seu cativeiro juntou-se ao cortejo e foi acolhida pela câmara dos vereadores com gentilezas e rapapés. Assistiu à missa na igreja, jantou na casa dos principais. As mensagens enviadas pelo padre embaixador haviam chegado antes nas mãos de alguns homens mandados na frente e todos seguiam suas instruções, temerosos que estavam, pois sabiam que não haveria, agora, força alguma entre os portugueses que pudesse resistir a um ataque maciço dos tamoios.

A carta – a fatídica – já havia seguido em uma nau que partira para Portugal. Palavras.

De Brás Cubas não se viu a sombra. Disseram que ele estava fora já há algum tempo. Talvez alertado de que seu antigo servo viria, tenha se escondido em algum sítio distante, mas Aimberê, feliz por reencontrar sua amada, não estava com espírito realmente vingativo. Pediu para ver o lugar onde seu pai havia morrido. Ali, dançou e chorou. Ordenou que queimassem o tronco e recebeu a promessa de que nenhum outro avá seria colocado a ferros novamente.

Os perós pareciam mudados, todos solícitos e honrados, instruídos pelo pajé pacificador tomavam providências surpreendentes para agradar os visitantes em todos os seus desejos.

Os que viajavam na companhia de Aimberê ficaram convencidos de que era possível conviver com aquela gente, desde que cumprissem a sua promessa de não mais atacar as aldeias tamoias. Quando não estavam em disposição de guerra, pareciam mais afáveis e até amigos. Sorriam, eram gentis, atendiam aos pedidos. Todos comeram bem, mataram a curiosidade a respeito dos costumes dos perós e riram muito com as suas esquisitices. Os antigos inimigos não pareciam se zangar, antes mostravam ânimos de também se divertirem com as diferenças.

Depois, o grupo subiu a serra e as visitas cordiais se repetiram nas aldeias de João Ramalho – que também não podia ser visto em parte alguma, talvez que tivesse morrido na batalha, ainda que ninguém se lembrasse de ter visto isto acontecer – e na vila de São Paulo de Piratininga.

Os acordos foram chancelados, as promessas cumpridas, a nova amizade cantada e decantada.

Aimberê e seus homens voltaram para Iperoig absolutamente convencidos de que uma nova era de paz estava se iniciando. A decisão era a desmobilização geral. Todos voltaram para suas aldeias. A guerra dos tamoios pela libertação de sua terra havia sido um sucesso. Vitoriosos, todos podiam agora retornar às suas famílias e viver suas velhas vidas em paz e tranquilidade. Os perós não representavam mais perigo porque não eram mais inimigos. Agora, todos eram amigos e iriam conviver de forma pacífica, como bons vizinhos.

Aí começaram nossos melhores dias entre os tamoios e a agonia de nosso sonho.

Voltamos à aldeia de Uruçumirim para a verdadeira vida entre nossos irmãos sem saber que a carta já seguia seu rumo oceano afora.

Ao recordar a vida na Guanabara meu espírito se tranquiliza. A paz retorna ao meu peito e sinto um calor sereno e brando pulsando num ritmo compassado.

Palavras, bálsamos que espalho na areia.

Acordo com os tucanos berrando nas árvores perto da oca. Adiante, um bando de maritacas faz sua algazarra. Tiês, saíras, periquitos, sabiás, guaxes, sanhaços, surucuás, maracanãs, jacutingas, entoam a canção da manhã.

Enquanto a claridade começa a tomar conta da mata e mostrar as cenas de um cotidiano vivo, sinto o cheiro doce da madrugada.

Cunhãs atiçando o fogo e alimentando os piás.

Avás espreguiçam em suas redes, decidindo se o dia será bom para ir à caça.

Em nossa oca, Diacira sua bela esposa sai para buscar água, a barriga crescendo com mais um piá a caminho. Você começava a criar sua família tamoia.

Num canto, um grupo ri de Arirá que durante a noite foi mordido pelo morcego e tem uma poça de sangue em baixo do pé.

Aguardo um pouco deitado, aproveitando a preguiça da manhã. Ainda não começou a esquentar o dia. A rede convida para mais um sonho. O fogo já está apagado. Só alguns velhos e crianças ainda ficam por ali. Todos já saíram para seus afazeres.

Deixo a cabana e contemplo a aldeia sob a luz da manhã. O frescor da noite ainda paira no ar. Sinto no rosto a umidade que vejo subindo pelas árvores como uma névoa branca. Um novo dia, uma nova vida.

No centro da ocara um bando de curumins brinca de luta, fazendo uma algazarra alegre. Suruí e Camorim disputam a primazia no centro da roda. Dois belos guerreiros se formando. Em pouco tempo serão homens, irão à caça com os outros, terão mulheres, famílias, piás. Serão líderes das novas gerações de tamoios. Bravos, corajosos, fortes.

Para o lado da mata, um grupo se reúne, organizando-se para sair à caça. Parabuçu está comentando que viu uma árvore cheia de mel lá pras bandas do morro da Carioca e todos começam a combinar uma expedição para a colheita no dia seguinte. Relembram histórias, fazem brincadeira, estão animados.

Alguns aproveitam para revisar suas flechas e arcos. Outros apenas esperam por ali a hora de saírem juntos.

O grupo de avás iluminados pelo sol da manhã enche os olhos. São homens fortes, com suas pinturas corporais, seus cocares e miçangas. O tembetá furando o lábio. O cabelo raspado no alto, e descendo comprido pelos ombros.

A carta atravessava os mares...

Na direção do nascer do sol, protegido na sombra de uma oca, o tamoin Guaray fabrica uma de suas flautas de taquara. Itagiba passa por ele, fala alguma coisa e caminha para a praia, já pronto para embarcar em sua ygara. Alcanço seu passo. Combinamos na véspera, sair logo cedo para apanhar peixes nos covos deixados próximos a pedra grande do outro lado da enseada. Apanhamos nossas lanças, os remos e saltamos na ygara. Três outras canoas são preparadas ao nosso lado. Nelas vão Piatã, Irapuã, Cauí e Arabutã. O mar está convidativo, parecendo mais uma lagoa, a baía calma.

Remamos rapidamente, o maciço de pedra crescendo sobre nós. Então, a neblina se fecha, tornando impossível enxergar qualquer coisa ao nosso redor. Ficamos perdidos em um mundo branco.

De minha parte, poderíamos ter sido transportados para outra realidade, outra terra, outro tempo. Talvez estivéssemos viajando para a terra de Sumé, o sábio.

Há tempos, viveu por essas terras um pajé bastante especial. Ele percorria as aldeias ensinando o modo de vida das gentes verdadeiras.

Sumé caminhava por toda a parte e aonde chegava era recebido com respeito e festa. Todos queriam vê-lo e pedir-lhe conselho. Sumé a todos atendia, resolvia conflitos, aplicava mezinhas, contava histórias. Depois, seguia em frente.

Dizem que para o norte ainda há uma pedra com as marcas dos pés de Sumé, que ali ficaram para lembrar a todos de sua passagem pela terra das gentes.

Quando Sumé viajava, a mata abria-se para lhe dar passagem. Ele ensinou a usar o fogo, a plantar e, também, a pescar, usar canoas, remar.

Contam os tamoin que um dia os outros pajés, com inveja do respeito e da devoção que eram dedicados a Sumé, criaram intrigas e conseguiram que alguns guerreiros o atacassem. O sábio então andou sobre as águas, indo-se embora para a Terra-sem-Males do outro lado do mar. Dele só restou a lembrança e os ensinamentos.

Na canoa, em meio à névoa, pude testemunhar a presença do espírito de Sumé no avá que era Itagiba. Seu corpo ágil movia-se como em uma dança. A harmonia no manejo do remo, dirigindo a pequena ygara por aquele mundo branco, absolutamente seguro, certo dos caminhos invisíveis, impassível.

Mais uma vez eu podia assistir ao espetáculo de um tamoio se movendo em seu mundo, seu território. Aquela mesma sensação de inteireza que me impactara ao ver meus companheiros se movendo na mata em direção à batalha, ou ainda na própria luta, me hipnotizava, enchendo meu peito de um assombro, provocando um encantamento que nunca mais se desfez.

Eu seguia seus movimentos e ordens a princípio assustado pela possibilidade de nos perdermos naquele outro mundo, mas ao observá-lo fiquei absolutamente seguro de que ele me levaria de volta, como um guia sobrenatural que vê o que não pode ser visto, sente a presença das terras distantes, intui os caminhos do mar.

Braços e pernas distendidos bailavam a dança de Sumé sobre as águas. A ygara deslizava de um ponto a outro. Alcançávamos cada um dos locais onde os covos e as redes haviam sido depositados e seguíamos viajando em meio às brumas. Daquelas mãos mágicas surgiam paratis, carapebas, guarás, camurupis, curimatãs, surubins...

As impressões daquele bailado sobre as águas enevoadas seguem alimentando meu espírito quando perdido entre os mundos de então e de agora. Quando a tristeza e a desesperança ameaçam encobrir os caminhos, quando o sangue vertido tinge o horizonte e não posso mais enxergar os passos para um futuro luminoso, sei que preciso mais que nunca dançar a dança de Sumé como me ensinou Itagiba naquele dia.

Não fechar os olhos, mas abrir a alma para enxergar por outros poros. Viver a dança de Maíra Monam. Abrir-me para o mundo e deixar que os fluxos de seus espíritos me guiem.

Voltamos à praia com a canoa cheia. O pirão estava garantido.

Também a carta era desembarcada em outro porto, outras terras...

A flecha certeira cruza a mata como o tiê. Suas penas azuis e vermelhas rasgam a paisagem. O bugio cai fazendo estardalhaço. É cercado por olhares curiosos. O tiro acertou o alvo em cheio. O macaco não mais se move. Mais uma presa para alimentar a aldeia.

Na mata, você acompanha o grupo de Parabuçu. Caminham silenciosos, seguem rastros, sinais que indicam a direção e a presença da caça. Olhos, ouvidos e narizes treinados, capazes de descobrir vestígios, trilhas.

Rastreiam animais grandes, pequenos, rasteiros, voadores, pendurados nas árvores. Não caçarão bichos lentos, preguiçosos, malcheirosos. Perseguirão tapires, taiaçus, suaçus, cotias, tapitis, pacas, tatus, jacarés, teiús, quatis, saguis, monos... Além de macucos, inhambus, jacutingas, saracuras, mutuns e outros pássaros que servem para se comer. Não matarão o acauã que canta à noite trazendo notícias de nossos parentes mortos.

Na casa de farinha as mulheres se preparam para fazer uhi.

Anaraí e Janaína acendem o fogo para o tacho em que irão torrar o aipim já ralado. A massa branca vai tostando lentamente enquanto elas mexem pra cá e pra lá com as cabaças. Aos poucos, a farinha vai tomando a cor mais escura e a consistência mais dura. Esta, carregamos em nossas expedições de caça e de guerra.

Jurema e Jandira descascam as raízes colhidas no dia anterior, Iaciara e Moema colocam a mandioca ralada no tipiti para a prensagem e retirada do suco venenoso. Esticam o cesto de palha que prendem em uma das colunas que sustentam a oca. Iraí recolhe a farinha colocando nos potes onde ficará guardada até que sejam usadas para o beiju.

Nos tempos antigos, andava Sumé por estas terras quando uma grande fome começou. A caça era pouca, a pesca nenhuma, as frutas da mata haviam sumido.

Na taba de Ocarim vivia uma pequena curumim chamada de Mani.

Mani era branca como a Lua e vivia fraca e doente por causa da pouca comida.

Um dia Mani morreu. Os pais dela ficaram muito tristes e pediram a Sumé que fizesse alguma coisa. Este disse a eles que a enterrassem no meio da roça.

Pouco tempo depois, onde Mani estava enterrada surgiu um arbusto de tamanho médio. A raiz dessa planta era comprida e grossa, com a casca marrom e o miolo branquinho como a menina.

As gentes da aldeia experimentaram a raiz e viram que servia para matar a fome. Chamaram então de Mandioca, a casa de Mani.

Fim de tarde. Acabamos de comer o beiju com a caça. Os homens se reúnem na ocara. Não se fala mais de guerra, não se traça mais planos para invasões. Agora, discute-se quando será um bom momento para ir buscar mel na mata, ou sair em uma expedição mais longa para a caça, ou ainda se é momento de começar o isolamento das novas mulheres.

Aimberê está preocupado com as chuvas fortes que chegaram mais cedo. Sua intenção era refazer as ocas que ficaram um tanto desmazeladas pelos anos de ausência dos homens na aldeia. Se o tempo estivesse seco já teria começado a colheita da palha e o corte das novas madeiras para a estrutura. Parabuçu sugere que adiem um pouco a tarefa das ocas e aproveitem a temporada para preparar um bom arsenal de flechas para que possam sair para uma grande caçada, assim que o tempo da chuva passar.

Da beira das ocas, as mulheres assistem ao mongaba e fazem comentários em meio a chistes e risadas. O Sol está se pondo e a vista da baía é o espetáculo mais bonito sobre a terra. O clima de tranquilidade cotidiana me ensina a felicidade.

Decisões são tomadas.

Além-mar, outras deliberações são feitas. A carta lida: "Se Vossa Alteza não quiser perder de vez as terras da colônia que por ora afiançamos com a paz conseguida por mim e por meu confrade, através de esforços supremos e com o risco de nossas próprias vidas, aconselho as providências que tenho certeza haverá de tomar da melhor forma que lhe convier. Uma força em número suficiente e armada de forma a assegurar a expulsão dos contingentes de França e a destruição dos gentios rebelados..."

Terríveis palavras.

A ordem do rei é expedida...

Mesmo nesses dias de paraíso eu continuo ensimesmado, preocupado. Pressinto.

Não demonstro; ou melhor, penso que dissimulo. Não sei me entregar à bem-aventurança. Sou apenas espectador. Testemunha. Não posso viver a vida de meus irmãos tamoios. Não sinto como eles que colho os frutos da vitória merecida. Estremeço. Duvido.

Você participa do mongaba, como de tudo mais, da caça, da pesca, da vida. Desde que voltou, retomou seu idílio com Diacira, a linda cunhã. Ela espera seu filho. Seu caminho tamoio está traçado.

Eu permaneço adendo. Vivo na mesma oca, vejo o amor através da beleza de Diacira, da sua sensualidade e simplicidade, mas não consigo escolher uma mulher pra mim mesmo.

É como se a felicidade de todos ao meu redor me bastasse. Para que eu possa um dia relatar. Não participo realmente, assisto como espectador privilegiado.

Também, me despeço. De você, deles, de mim mesmo.

O canto do espelho.

Porque vacilas, irmão?

Não vês que o caminho de Aimberê nos leva ao nosso verdadeiro destino?

Desveste esse manto de dúvida e mergulha.

Estamos aprendendo.

Tamoios que somos, viemos do olvido para crescer na taba de nossos irmãos.

Faz como eu. Casa-te, gera teus filhos tupis. Sente a seiva se derramar para o mundo, gerando nossos sonhos, construindo nossas novas realidades.

Relembra as aventuras que vivemos, cantadas por nosso tamoin. Alegre-se com o brilho nos olhos das cunhãs, a vida surgindo nas brincadeiras dos curumins, a sabedoria dos avós, e com a força dos avaetés.

Por toda essa nossa aventura, tens me seguido, fiel escudeiro. Encontra teu passo, teu lugar verdadeiro, tua trilha inerente. Constrói tua história. Torna-te teu próprio herói, e vem comemorar tuas vitórias.

Deixa esse ar jururu e entra na grande festa. Junte-se a nós, seus irmãos de sangue e de sina, e venha dançar na roda.

Os homens enfeitados formam um círculo ombro a ombro. Cantam e dançam batendo o pé no terreiro. Flautas e maracás acompanham. Festejam.

As mulheres mastigaram a mandioca e deixaram nos tachos para fermentar. Pronto o cauim, começou a festa.

A cauinada reflete a alegria de todos. A caça abundante assa nos moquéns, as crianças crescem, a vida continua.

He ru he ru he ru he ru...

“Inhambú, inhambu canta no mato. Nós cantamos na ocara”.

Inebriados seguem dançando, cada vez mais excitados.

Aos poucos, os casais vão se juntando e encontrando o prazer, espalhados pela taba.

Chega a noite, chega o esquecimento. O mundo retornou aos tempos antigos, em que tudo era misturado, as noites e os dias, as estações, o antes e o depois.

Os filhos de Maíra, tupis verdadeiros, seguem seu destino. Caçam, pescam, comem, se amam, criam os curumins, felizes por seguirem o rumo de seus ancestrais.

Amanhece. Um suspense paira sobre a aldeia de Uruçumirim.

Andirá chega da praia correndo. Na baía, várias ygaraçus chegaram. São os perós que vêm em naus armadas até os dentes.

Que desejam? Que vieram fazer por ali?

Um bote se aproxima da ilha dos maíras. Da praia, apenas assistimos aos movimentos.

No outro dia, seguindo seu líder Pay Colas, os maíras, nossos amigos, entram em sua única ygaraçu e partem deixando a baía de Guanabara.

Ficam apenas alguns que estão casados, vivendo nas várias aldeias das cercanias.

Os perós, então, aportam próximo ao morro da Carioca e começam a desembarcar homens e armas.

Canhões, bestas, arcabuzes. Perós, homens da terra com arcos e flechas. Gentes do norte, aimorés do outro lado da baía.

Não mandaram ninguém para conversar conosco. Parecem construir uma fortificação no alto da elevação.

Os dias seguem sem novidades, mas com uma tensão permanente no ar até que um grupo de guerreiros chega com uma notícia inacreditável.

A aldeia de Iperoig foi atacada pelos perós. Coaquira está morto. Todos estão mortos, ninguém foi poupado. As casas queimadas, destruídas.

Então, outros começam a chegar todos os dias. As mesmas histórias, as mesmas desgraças. Por todo o território dos tamoios os ataques dos perós pegaram de surpresa as gentes que não contavam mais com a guerra.

Agora, todos se juntavam em Uruçumirim, em torno de seu líder. Os que haviam sobrevivido aos ataques queriam resistir unidos e recomeçar a luta contra os invasores.

Aimberê custava a acreditar. Os perós haviam sido enfáticos nas suas promessas de amizade. O pajé branco tinha jurado manter a paz.

Soubemos então que o próprio padre da corcunda tinha vindo nas ygaraçus dos perós que haviam chegado à baía e estava entre os que tinham construído a fortaleza no alto da Caiçara.

Aimberê juntou alguns dos mais valentes e resolveu ir até onde estavam os perós para conversar. Queria ver o pajé cara a cara. Ele tinha que ter uma explicação para o que estava acontecendo.

Não chegaram nem perto do morro. Foram recebidos pelos pau-de-fogo. Notícia veio de que não haveria conversa. Os perós pretendiam expulsar todos os tamoios da baía de Guanabara e lá instalar uma aldeia com nossos antigos inimigos, os temiminós, sob a liderança de Arariboia.

Era difícil de acreditar, mas não podia haver dúvida. Os perós tinham vindo decididos a destruir a principal aldeia dos tamoios, fazendo uma limpeza na região em que nós nos concentrávamos. Já haviam convencido os maíras a irem embora.

Agora, só restavam duas opções: fugir para o mato, esconder-se e recomeçar a guerra de ataques surpresa, até que fosse possível reunir uma grande legião tamoia novamente, ou resistir.

Aimberê reúne os homens em um grande mongaba. A aldeia contava neste momento com um grande número de guerreiros vindos de todos os agrupamentos aliados. Ainda assim, éramos poucos para fazer frente ao exército dos perós.

Desta vez, eles tinham vindo em grande número, fortemente armados e decididos.

De todo jeito, Aimberê pretendia lutar. Não iria abandonar sua terra, fugir novamente não estava em seus planos.

Quem quisesse podia ir embora e tentar se juntar com outros para seguir lutando. Aimberê pretendia enfrentar os perós de uma vez por todas, mesmo se as chances de sobreviver fossem pequenas. Iria morrer como um bravo, como havia vivido e liderado sua gente. Não abandonaria sua aldeia, sua terra, sua gente, nunca mais.

Poucos se foram. A grande maioria decidiu ficar para morrer lutando.

Uruçumirim se preparou para a guerra.

E ela veio.

Os perós cercaram a aldeia. Montaram seus canhões a uma distância maior do que as flechas e lanças alcançariam e começaram a atirar.

Mas não invadiram.

Começaram os dias de nervosismo e espera.

A fome aumentava a raiva.

A fome aumentava o desespero.

A fome aumentava a fraqueza.

Ainda era noite quando o tamoin me apareceu. Disse que eu tinha que levantar rápido e sair.

Sair para onde? Há várias luas não podíamos deixar a taba. O cerco nos mantinha prisioneiros. Algumas tentativas de furar o bloqueio tinham deixado claro que não haveria fuga possível.

As forças dos perós eram muito mais numerosas e além dos pau-de-fogo tinham canhões e batalhões de homens da terra armados até os dentes.

Os nossos se reuniam para buscar uma solução, mas nem sequer tinham conseguido mandar guerreiros escondidos para pedir ajuda em outras aldeias.

Todos sabiam que caminhávamos para o fim. Apenas restava saber quando a tempestade viria. A espera era ainda uma tortura maior.

Quando o tamoin indicou o caminho por entre as hostes inimigas, pensei que minha missão seria trazer ajuda. Ele me explicou que era tarde para a ajuda. A batalha final tinha chegado, não dava para ir e voltar de lugar nenhum.

— Então, devo ficar, lutar e morrer com meus companheiros.

— Morrer, não! Alguém tem que permanecer. Testemunha, narrador da sina de nosso povo.

O caminho indicado me levou ao morro alto, com vista para toda a região.

Dali, pude avaliar a gravidade da situação. As tropas dos perós cercavam a aldeia e ainda sobravam. Nas várias naus que estavam espalhadas pela baía, impedindo que os nossos tentassem sair para o mar, tinha vindo uma quantidade de combatentes que superava muitas vezes a dos nossos.

Naquela manhã, estavam todos a postos. A batalha final iria começar a qualquer momento.

Lá de cima eu poderia assistir a tudo, mas não teria como interferir. Espectador privilegiado, senti o coração apertando cada vez mais. Ali fiz o juramento de ser a memória, de seguir sempre contando.

Compreendi que minha parte nessa história não era a de permanecer junto com meus irmãos de luta. O tamoin tinha nos trazido os dois, mas cada um teria um papel e um destino diferente. Kuaracy e Jacy iriam se separar. O primeiro caminharia para as montanhas ao lado de seu irmão de luta Aimberê, onde fariam a grande festa. Corajoso, intrépido, desafiaria a morte e as forças estrangeiras com sua bravura e força. Como o Sol, seguiria iluminando meus dias. O segundo recuaria para a noite e a escuridão, seria sempre o que não pertenceu de verdade, apenas testemunhou. Não a semente de Maíra, mas o outro, o bastardo, o filho do sariguê.

Não pude dizer adeus. Sei que você entendeu, mas o vazio permanece.

Sei que alguém precisa manter a recordação acesa. Sei que é preciso revivê-la para contá-la. Ainda assim, preferia ter morrido ao lado de meus irmãos, de você, do que permanecer sempre com os horrores daquele dia pregados em meus olhos, em meus ouvidos.

Pelo meio da manhã a movimentação dos perós começou.

Primeiro foram muitos tiros de canhão. Ocas começaram a cair e pegar fogo. Mulheres e crianças gritavam.

Então, as tropas começaram a se aproximar da aldeia e a luta principiou de verdade.

Os tamoios mostraram toda a sua valentia e habilidade naquela manhã. Para cada um dos nossos que caia, muitos inimigos tinham sido derrubados primeiro.

Ainda assim, gradualmente os perós começaram a tomar terreno invadindo a ocara. Então, começaram a chacina.

Grupos entravam nas ocas que ainda estavam em pé e matavam a todos os que estavam escondidos ali. Vi pessoas queridas, com quem tinha compartilhado meus melhores momentos nos últimos meses, sendo espetadas em espadas e lanças, arrastadas pela taba, mutiladas, mortas.

Os homens reunidos em torno de Aimberê resistiam como podiam, verdadeiros avás que eram, mas cada vez tinham menos espaço e estavam em número mais reduzido.

Foram trucidados, um a um. Nenhum foi poupado, ainda que fosse para ser levado como escravo.

A finalidade ali era clara. A chacina foi total. Uma limpeza completa. Os perós não tinham intenção de deixar sobrar nenhuma semente.

Ali morreram Aimberê, Parabuçu, Itagiba, Piatã, Andirá, Irapuã, Cauí, Jurandir, Itagiba, Guarabira, Iberê, Ubiratã, Tabajara, Arabutã e muitos outros.

Não mais se verá sobre a terra seus arcos, seus sorrisos, sua coragem.

Morreram também Iguaçu, Diacira, Anaraí, Janaína, Jurema, Moema, Jandira, Iaciara e muitas outras mulheres.

Apagou-se seu brilho, seu amor, sua seiva.

Morreram os tamoin todos, os piás e os curumins.

Com eles sua sabedoria e sua esperança.

Desabou o sonho tamoio de fazer ressurgir a vida de seus antepassados em uma terra livre do invasor.

Desandaram os povos da terra, tupinanbás, tupiniquins, carijós, guaianazes, goitacazes, aimorés, temiminós, camacuans...

Com eles outros se foram através do tempo, guaranis, caingangues, crenacarores, acuntsus, suiás, avá-canoeiros, campas, euaruianas, gaviões, parintins, jumas, canindés, xavantes, potiguaras, tucanos, carapanãs, aruás, panos, nambiquaras, apiacás, pancararés, suruis, trumais, xetás, iaualapitis, canelas, zorós, anacés, paiacus, bororos...

Com eles foi o meu coração, minha alma, minha vida.

Ainda vejo seus sorrisos, suas alegrias e tristezas, sua valentia, sua pele bronzeada sob a luz de Kuaracy. Ouço suas brincadeiras, seus cantos, sua risada.

Sinto ainda seus cheiros de mata e suor do trabalho.

Suas crianças correndo pela taba, suas danças, a construção das ocas, as caçadas, as pescarias, a roça...

Diante dos meus olhos, ainda o sangue, os corpos mutilados, o suplício. Crianças sendo trucidadas. Mulheres tentando resistir e proteger suas crias. Homens desesperados, percebendo que seus esforços são inúteis, que os seus entes queridos estão sendo massacrados, que seu mundo está sendo destruído.

O fardo é maior do que posso carregar. A missão exige um herói verdadeiro.

Kuaracy, meu avô, que segue seu caminho dia a dia sem se perturbar com o desconserto do mundo aqui em baixo, seja você a testemunha.

Que enquanto você não se apague, não desapareça desta terra o sonho tamoio de uma terra livre, de gentes verdadeiras, avaetés.

Fraqueza em minhas pernas. A tristeza me paralisa as mãos. O desespero me tira o ar...

Dor...

Palavras se esvaem...

Caci...

Glossário

Acauã – Ave que mata cobras, seu assobio lembra um lamento.
Acuntsu – Povo de língua tupi, da região da Rondônia.
Aguapé – Plantas que boiam em águas calmas.
Aígue – Bicho preguiça.
Aimberê – Chefe da Confederação dos Tamoios, significa rijo, inflexível.
Aixé – Tia paterna.
Anacés – Povo que habita o estado do Ceará.
Anacetaba – Aldeia de parentes.
Anaí – Bela como a flor do céu.
Anajá – Grande palmeira.
Anaraí – Rio da árvore em flor.
Andirá – Portador de agouros
Angico – Árvore da família da Acácia.
Anhangá – Ser mítico das profundezas, identificado pelos cristãos com o demônio.
Anhangabaú – Rio da assombração, do demônio. Por conta da névoa que sempre cobria as águas.
Anhatinga – Demônio branco.
Anhe'eng – Digo, falo.
Anhembi – Rio que fala.

Anta – Maior mamífero da América do Sul, encontrava-se com facilidade perto da água.

Anum – Pássaro preto.

Apé – Caminho.

Apiacás – Povo localizado no Mato Grosso e Pará.

Apiti – Matar, trucidar.

Apó – Raiz.

Apoanã – Força.

Apuã – Monte.

Ara – Relativo à ave. Dia.

Arabutã – Pau-brasil.

Araçá – Fruta do mato, semelhante a uma goiaba pequena.

Araci – Aurora

Araçoiaba – Onde falam as aves.

Araketu – Pássaro que dorme.

Arapuca – Armadilha.

Arara – Papagaio grande.

Ararai – Papagaio do rio.

Arariboia – Cobra feroz. Chefe dos Temiminós, inimigo dos Tupinanbás.

Aricanduva – Local com muitas palmeiras.

Arirá – Filhote de animal.

Ariranha – Animal que vive próximo à água, lontra.

Aruás – Povo indígena do Sul da Rondônia.

Atá – Fogo.

Ataúba – Árvore da Mata Atlântica.

Atiati – Gaivota.

Atobá – Pássaro da beira-mar. Mergulhão.

Auié – Muito bem.

Avá – Homem, integrante do povo tupi.

Avá-canoeiros – Povo indígena do Tocantins e Goiás.

Avaeté – Homem verdadeiro.

Beiju – Massa feita da farinha de mandioca.

Biguás – Ave da beira-mar.
Borduna – Tacape, porrete.
Bororos – Povo indígena do Mato Grosso.
Buriquioca – Casa dos macacos, nome original de Bertioga.
Buriti – Palmeira da Mata Atlântica.
Caboré – Tipo de coruja.
Caci – Dor.
Caeté – Mato verdadeiro.
Cafuné – Barulho de estalar as unhas catando piolho.
Cainara – Enfurecido.
Caingangues – Povo indígena originários do sudeste, interior de São Paulo, Paraná e Santa Catarina.
Cairu – Árvore de folha escura.
Caiubi – Árvore de folhas azuis.
Cajuru – Boca do mato.
Camacuam – Um dos povos que integrava a Confederação dos Tamoios.
Camanducaia – Mata do amendoim queimado.
Camburí – Espécie de robalo.
Camoré – Robalo verdadeiro.
Camorim – Robalo pequeno.
Campas – Povo indígena do Acre.
Camurupi – Peixe de grandes proporções.
Canelas – Povo indígena do Maranhão.
Caninana – Cobra não venenosa.
Canindés – Povo indígena do Ceará.
Capivara – Roedor da Mata Atlântica.
Capotira – Flor do mato.
Cará – Tuberculo da Mata Atlântica.
Caraguatá – Tipo de bromélia comum na Mata Atlântica.
Carapanãs – Mosquito. Povo indígena do norte do Amazonas.
Carapeba – Peixe da região sudeste.
Carijós – Povo indígena que ocupava a região ao sul de São Paulo.

Carioca – Casa da mandioca.
Caruara – Feitiço, quebranto.
Catetos – Porco do mato.
Catuiti – Ave do peito azul, bom atirador.
Cauí – Esponja d'água, misturada com argila serve para fazer potes.
Cauim – Bebida fermentada à base de mandioca.
Cauré – Gavião da Mata Atlântica
Coaquira – Este que chora. Nome de um dos principais chefes da Confederação dos Tamoios.
Comorim – Variante de Camorim, robalo pequeno.
Copaíba – Árvore de porte grande.
Cotia – Roedor da Mata Atlântica.
Covo – Armadilha para peixes.
Crenacarores – Povo indígena, descoberto, e quase dizimado, na construção da Transamazônica.
Cunhã – Moça, mulher.
Cunhambebe – Que fala devagar. Também poderia ser o protetor das mulheres. Primeiro chefe da Confederação dos Tamoios.
Curimatã – Espécie de peixe.
Curiúva – Araucária, pinheiro da serra da Mantiqueira.
Curumim – Criança.
Curupira – Entidade mística que habita e protege as matas.
Diacira – Onde a abelha deposita o mel.
E'õ – Morte.
Eçá – Olhos.
Ekoa'iba – Pecado, mau procedimento.
Embaúba – Planta da Mata Atlântica de folhas grandes.
Enguaguaçu – Enseada Grande, nome indígena da vila de São Vicente.
Epyk – Vingar
Ereiupe – Vieste.

Ereiupe? Té, auié nipó. Xê roykatu nde rura ri – Vieste? Ah! Muito bem. Eu estava te esperando.
Erekatu – Vá, ânimo.
Eroyrõ – Detestar
Euaruianas – Povo indígena da Amazônia.
Gapiruvu – Árvore de grande porte, de cujo tronco se faziam as canoas.
Gaviões – Povo indígena do Maranhão.
Goitacazes – Povo indígena que participou da Confederação dos Tamoios.
Guabiroba – Fruto amargo.
Guaianazes – Tribo dos tupiniquins que habitavam a região de São Paulo.
Guaió – Córrego azul, rio que passa na região leste de São Paulo.
Guanabara – Rio mar.
Guanambis – Povo indígena da região da Bahia.
Guaparaíba – Mangue.
Guapiruvi – Variante de Gapiruvu.
Guapiruvu – Variante de Gapiruvu.
Guapoí – Mata-pau, árvore que cresce envolvendo outra árvore e sufocando-a.
Guará – Pássaro branco dos manguezais.
Guarabira – Nome de um peixe.
Guaranis – Tronco indígena próximo ao tupi.
Guararema – Pau D'alho. Árvore comum na Mata Atlântica.
Guaray – Senhor das águas.
Guarini – Guerreiro.
Guaxe – Ave da Mata Atlântica.
I'çara – Coçeira.
Iaciara – Reflexo da lua.
Iandé – Nós, nosso.
Iara – Entidade mística que habitava os rios, atraía os homens para dentro d'água fazendo-os afogar.

Iaualapitis – Povo indígena do Mato Grosso do Sul.
Iba – Ruim, feio.
Iberê – Nome de uma planta.
Ibira – Árvore, madeira.
Ibirapitanga – Madeira vermelha, pau brasil.
Içara – Palmeira com espinhos.
Iguaçu – Água grande, lagoa.
Inhambu – Perdiz, que levanta voo fazendo barulho.
Iperoig – Rio do tubarão. Local onde ficava a aldeia de Coaquira, onde foi feito o acordo de paz dos tamoios com os portugueses.
Ipeaçu – Ipê grande.
Ipê – Árvore com flores de diversas cores, comum na Mata Atlântica.
Ipiranga – Rio vermelho.
Iraí – Rio do mel.
Irani – Abelha pequena.
Irapuã – Abelha agressiva.
Irinmajé – Primeiro pajé, personagem mítico dos tupinambás.
Itagi – Machado de pedra.
Itagiba – Forte como pedra.
Itairapi – Pedras que cortam.
Itauã – Pedra redonda.
Jacá – Cesto.
Jacaré – Que olha torto.
Jacuba – Pirão de farinha de mandioca.
Jacutinga – Pássaro, jacu branco.
Jacy – Lua, um dos irmãos míticos.
Jacy Cairé – Lua cheia.
Jacy Catiti – Lua nova.
Jagoanharo – Cão bravo.
Jaguar – Onça, o que devora.
Jaguaretê – Jaguar verdadeiro.

Jaguarum – Onça preta.
Jaguatiricas – Onça pequena.
Janaína – Senhora dos lares.
Jandira – Abelha de mel.
Japira – Cabeceira do rio.
Jararacuçu – Cobra venenosa, jararaca grande,
Jau – Peixe que devora.
Jenipapo – Fruta para pintar (de cor escura).
Jetirana – Batata falsa. Planta rasteira, com ramificações, comum nas praias da região.
Juçara – Palmeira, com espinhos.
Jumas – Povo indígena de Roraima.
Juqueri – Planta leguminosa, dormideira.
Jurandir – Trazido pela luz do céu.
Jurema – Espinho suculento.
Jurupari – Monstro que habita as profundezas das águas.
Jururu – Triste, deprimido.
Kairuçu – Grande árvore.
Kanauã – O que dança.
Kuará – Do Sol.
Kuaracy – O Sol, um dos irmãos míticos.
Kyriri – Silêncio, calado.
M'boijy – Rios das cobras.
M'boissucanga – Esqueleto da cobra grande.
M'boy – Cobra.
Macuco – Pássaro grande.
Maíra Monan – O criador.
Maíras – Como os tupinambás chamavam os franceses que tentaram uma colonização na baía de Guanabara.
Mamaé – Espírito, os mortos.
Manati – Peixe-boi.
Mandioca – Casa de Mani, principal fonte de alimento dos tupis.
Mani – Menina que, enterrada, se transformou na Mandioca.

Mantiqueira – Montanha que chora.
Maracá – Instrumento usado pelos pajés para conversar com os espíritos, chocalho.
Maracajá – Gato do mato.
Maracanã – Ave semelhante ao chocalho.
Marã-monhang – Brigar.
Maranã – Guerra.
Maritacas – Ave ruidosa, que estala.
May – Mãe.
Micuim – Mosquito.
Micura – Gambá.
Moema – Doce
Moeté – Honrar.
Mongaba – Conselho, reunião.
Mono – Macaco pequeno.
Moquém – Secador, estrado de varas onde se coloca carne para assar.
Morubixaba – Cacique, chefe.
Muriqui – Gente que bamboleia, mono carvoeiro.
Mutum – Ave grande do mato.
Nambiquaras – Povo indígena do Mato Grosso e Roraima.
Nandecy – Personagem mítica, mãe de tupã.
Naurú – Bravo.
Nde – Tu, te.
Nhéco-nhéco – Gracejo, brincadeira, indecisão.
Nhém-nhém-nhém – Falação.
Nipó – Certamente.
Oca – Cabana, casa.
Ocara – Terreiro da aldeia.
Ocarim – Cabana pequena.
Pá – Tudo.
Paba – O fim, morrer, terminar.
Paca – Roedor, bastante apreciado para comer.

Paiacus – Povo indígena do Ceará.
Pajé – Líder espiritual, feiticeiro.
Pancararés – Povo indígena da Bahia.
Panos – Povo indígena do extremo oeste da Amazônia.
Parabuçu – Palmeira do rio.
Paraíba – Rio que não presta.
Paraibuna – Paraíba negro.
Parati – Peixe branco.
Paray – Oceano, mar grande.
Parintins – Povo indígena do Amazonas.
Pay Colas – Nome usado pelos tupinambás para designar Villegagnon, o líder dos franceses que habitavam a baía de Guanabara
Peabiru – Nome de um caminho utilizado pelos índios que ia da costa brasileira até o Paraguai.
Peri – Junco.
Peró – Como eram chamados os portugueses pelos tupinambás.
Peroba – De casca amarga.
Piá – Criança pequena.
Piatã – Forte, vigoroso.
Picuim – Mexer no cabelo para tirar piolho.
Picuman – Comprido.
Pindobuçu – Palmeira grande.
Pindorama – Terra das palmeiras, nome usado pelos tupis para a terra deles.
Piquerobi – Peixe azul.
Pirá – Peixe.
Pirambeira – Penhascos, subida forte.
Piratininga – Peixe seco.
Pitanga – Fruta vermelha.
Pixixica – Formiga.
Poroba – Comedor de gente.
Poroyuká – Matar.

Poru – Usar.
Poti – Camarão.
Potiguaras – Povo indígena da região Nordeste.
Potira – Flor.
Preá – Pequeno roedor.
Puçá – Armadilha para peixes.
Puçanga – Mezinha, remédio feito pelos pajés.
Puxi – Feio.
Quati – Riscado, pequeno animal carnívoro que anda em bando.
Quicé – Faca pequena.
Ri – Por.
Roykatu – Esperar.
Rura – Estar consigo.
Sabiá – Pintado, pássaro das matas.
Sagui – Macaco pequeno de rabo comprido.
Saíras – Pássaros de diversas cores.
Sanhaço – Pássaro cinza azulado.
Saracura – Pássaro grande que faz um som parecido com o nome.
Sariguê – Gambá.
Saruê – Sariguê.
Serijipe – Riacho dos siris.
Siri – Crustáceo comum nas praias (caranguejo pequeno).
Socó – Ave de pescoço comprido que fica na beira da água para caçar.
Suaçu – Veado.
Suçuarana – Onça parda, do tupi semelhante ao veado.
Sucupira – Árvore da mata Atlântica de casca grossa.
Suiás – Povo indígena da região do Xingu.
Sumã – Corruptela de Sumé.
Sumaram – Inimigo(s).
Sumé – Personagem mítico, pajé que ensinou muitos costumes aos tupis.
Surubim – Peixe grande.

Surucuá – Pássaro de cores vivas.
Suruí – Que desliza pela água.
Sururu – Confusão.
Taba – Aldeia.
Tabajara – Senhor da taba.
Taboa – Planta que cresce na água, da qual se faz trança para esteiras e cestos.
Taboca – Haste furada.
Taiaçu – Dente grande, porco do mato.
Taiguar – Nome tapuia.
Tamakavi – Gigante mitológico.
Tamanduá – Animal de abraço forte, come formigas.
Tamanduateí – Rio dos tamanduás verdadeiros.
Tamoin – Avô, ancião, mais antigo.
Tamoio – Mais antigo.
Tapera – Aldeia abandonada.
Tapir – Anta.
Tapiti – Coelho do mato.
Tapuias – Outros povos que não os tupis.
Tatá – Fogo.
Tatu – Animal que cava a terra, com rabo comprido.
Té – Enfim.
Teiú – Lagarto.
Temiminó – Povo indígena que habitava ao norte da Baía de Guanabara, inimigos dos tupinambás.
Tibiriçá – Chefe dos guaianases de São Paulo, formiga má da terra.
Tiê – Pássaro de cor viva.
Timbetá – Enfeite de pedra usado perfurando o lábio.
Tingá – Poço.
Tipiti – Cesto para espremer a mandioca.
Titica – Excremento.
Traíra – Que arranca a pele, peixe com dentes.

Trumais – Povo indígena da região do Xingu.

Tucanos – Bico de osso, pássaro.

Tuibí – Nome tapuia.

Tuiubí – Periquito azul.

Tupã – Entidade mística, vive no céu, domina o trovão. Identificado com Deus pelos jesuítas.

Tupi – Tronco dominante dos povos indígenas que habitavam o litoral.

Tupinambá – Tupis que habitavam ao norte de São Paulo.

Tupiniquim – Tupis que habitavam a região de São Vicente.

Uamari – Raiz com que se faz um chá para ter visões do futuro.

Ubiracy – Boa madeira.

Ubiratã – Tacape forte.

Uhi – Farinha de mandioca torrada, usada em viagens.

Umburana – Árvore cujas folhas são usadas para remédio.

Urubu – Que tem mal cheiro.

Urucum – Fruto usado para fazer tinta vermelha para a pintura corporal.

Uruçumirim – Abelha pequena, aldeia de Aimberê na baía de Guanabara.

Urutau – Pássaro noturno.

Votu – Ar, vento.

Xavantes – Povo Indígena do Mato Grosso.

Xê – Eu.

Xerembiara – Pegar, apanhar.

Xerimbabo – Animal doméstico.

Xetás – Povo indígena do Paraná.

Xiá-xiá – Fazer sexo.

Y – Rio, água.

Yacina – Libélula.

Yakirana – Cigarra.

Yami – Noite.

Ybytyra – Morro, montanha.

Ygara – Canoa.
Ygaraçu – Canoa grande.
Zorós – Povo indígena do Mato Grosso.

pólen bold 90 gr/m2
tipologia calisto mt
impresso no inverno de 2025